Irmãos Bacalhau

Quem quer brincar de sexo põe o dedo aqui

o seu manual de inclusão digital

Irmãos Bacalhau

Quem quer brincar de sexo põe o dedo aqui

o seu manual de inclusão digital

Grátis:
Rodando a Bolsa Família
O diário de uma garota de programa de governo

MATRIX

Direitos em língua portuguesa para o Brasil:
Matrix Editora - Tel. (11) 3873-2062
atendimento@matrixeditora.com.br
www.matrixeditora.com.br

Capa:
Fernanda Guedes

Ilustração da pág. 104:
Gilberto Yudi

Diagramação:
Diogo Shiraiwa

Revisão:
Adriana Parra

IMPRESSÃO E ACABAMENTO
Bartira Gráfica e Editora S/A

Dados Internacionais de Catalogação na Publicação (CIP)
SINDICATO NACIONAL DOS EDITORES DE LIVROS, RJ.

Irmãos Bacalhau
Quem quer brincar de sexo põe o dedo aqui: o seu manual de inclusão digital / Irmãos Bacalhau. - São Paulo: Matrix, 2008.

1. Anedotas. 2. Humorismo brasileiro. I. Título.

08-0935.

CDD: 869.97
CDU: 821.134.3(81)-7

Este é mais um empreendimento
com o dedo dos Irmãos Bacalhau

Introdução

Este é um livro que vai falar de temas importantes no atual cenário brasileiro. O Brasil é o país da inclusão digital, mesmo que alguns digam o contrário. Exemplo: você vai fazer exame de próstata, e o médico que o atende é um dos maiores especialistas nesse tipo de inclusão. Experimente conversar com um proctologista ou urologista: ele vai lhe dar um dedo de prosa.

Esta obra vai falar também de sexo. O assunto sexo é algo para ser botado na roda. As crianças neste país também são precocemente expostas a brincadeiras sexuais. Onde já se viu ficar incentivando coisas como "esconde-esconde" e "duro-ou-mole"?

E se você não está fazendo sexo nem fodendo, esta obra pode ser usada como um guia para quem não está pegando nem resfriado.

Vamos também mostrar o diário de Marisa Surfistinha, o famoso "Rodando a Bolsa Família". A gente foi pedindo com jeitinho e ela foi abrindo suas páginas pra gente. Fomos fundo na pesquisa e mostramos a vida dela aqui pra você. Marisa Surfistinha ganhou muito dinheiro fazendo sacanagem com os outros. Ela começou de baixo, foi subindo, foi subindo, chegou nos joelhos e continuou subindo, continuou subindo, até chegar no ponto que ela sempre sonhou. O ponto G. "G" de governo federal.

De putada das ruas à deputada em Brasília você vai conhecer a vida fácil dos bastidores do poder. Com Ph maiúsculo.

Agora que você foi introduzido, siga em frente e continue a leitura.

Irmãos Bacalhau

As páginas a seguir são desaconselháveis para menores de 18 cm

Você é maior de 18 cm?

( ) Sim.

( ) Não, mas leio todos aqueles spams de "Enlarge your penis".

Capítulo 1

O diário de Marisa Surfistinha

Rodando a Bolsa Família – A vida de uma garota de programa de governo.

Esta é uma história de fricção. Qualquer semelhança com fatos ou pessoas reais é mera coincidência.

Surfando no trem

Minha infância foi pobre, minha adolescência foi pobre, meu pai foi pobre, meus avós foram pobres. Isso mexeu com a minha cabeça. Hoje eu acho que não existe homem feio, o que existe é homem pobre. E como ninguém quer saber de pobreza, vou começar a contar a minha história a partir do momento em que ela começou a mudar. Então, lá vai.

Para ir trabalhar eu costumava pegar um trem. Mas eu não ia apertada nos vagões, eu preferia ir surfando na parte de cima com os meninos. Daí o meu apelido, Marisa Surfistinha. Nesse vaivém, desviando dos obstáculos e na falta de um lazer melhor, acabei ficando fera no negócio. Um belo dia conheci um carinha que também desviava muito bem dos obstáculos à sua frente. Ele também era muito pobre.

ABC do sexo

Nós dois éramos muito novos, morávamos na região do ABC, em São Paulo. Um dia, depois de um baile, a coisa começou a esquentar; trocamos uns beijos, uns amassos, minha respiração foi ficando ofegante e eu não estava mais conseguindo me conter. Então sussurrei no ouvido dele:

– Solta o sutiã, solta o sutiã.

– Quem é o seu Tião? Se precisamos soltar o Tião, onde ele tá preso?

– Que seu Tião? Tô falando do meu sutiã. Esse negócio aqui, ó, nunca viu?

– Eu não sei de nada, ninguém nunca me falou que existia esse negócio de seu tião aí.

– Ah, deixa pra lá, vai. Me dá a sua mão.

– Pra quê?

– Vem aqui, põe a sua mão aqui.

– Não vou pôr minha mão aí, não.

– Posso saber por quê?

– É que uma vez eu fui colocar a minha mão num lugar que eu não sabia direito pra que servia e era uma prensa lá da fábrica. E eu me ferrei e perdi um dedo.

– Tá bom, vai. Pra mim chega, vou pra casa.

Abrindo o negócio

Toda menina fala que começou a fazer programa pelo dinheiro. Tem muita mulher que faz programa na TV para ganhar dinheiro. Comigo não foi diferente. A única diferença é que o meu programa não ia ser transmitido, ia levantar o ibope de um homem de cada vez.

O trabalho na fábrica não rendia o suficiente para a vida que eu queria ter. Eu via nas novelas as meninas indo pras baladas. Só que no meu bairro "balada" era o tiroteio que rolava no fim de semana na porta do bar.

Meu sonho sempre foi morar num palácio, ter um monte de empregados para fazer tudo o que eu mandasse. Queria viajar pelo mundo todo, ter um avião só meu, fazer plástica para ficar bem bonita. E ganhando o que eu ganhava na fábrica não conseguia nem comprar um vestidinho para ir aos bailes dos domingos. Todo dia eu passava na loja e ficava namorando um vestido vermelho que ficava numa vitrine.

Um dia me lembrei que tinha feito amizade com uma garota muito bonita, que me falou:

– Não sei por que você se mata tanto de trabalhar, se pode ganhar dinheiro de um jeito muito mais fácil. Fica aí se acabando e nem consegue dançar no baile, de tão cansada que fica.

– Ah, mas eu não sou bonita como você.

– Que nada, tem gosto pra tudo. Tem homem que só vai com gorducha, tem homem que prefere travesti, tem homem que só quer baranga. Vem rodar a bolsa família.

– Mas bolsa família não é aquele programa do governo para pessoas carentes?

– Então, isso mesmo! Tá cheio de homem carente por aí, que encara qualquer coisa.

Relembrando aquelas palavras, até me animei e comecei a me ver dentro do vestido vermelho. Resolvi falar com ela para saber melhor como é que eu poderia abrir o meu próprio negócio, e ela me deu um endereço para procurar a dona Dirce.

O primeiro programa

Dona Dirce foi muito simpática comigo, me apresentou umas meninas, me mostrou onde eu ia ficar. O quartinho não era muito parecido com o que eu estava imaginando, mas ela me deixou bem à vontade, então resolvi ficar para ver como era.

Logo no primeiro dia fiz meu primeiro programa. Era um tal de presidente Chávez, que sofria de impotência estrangeira. E também tinha vergonha do tamanho do Produto Interno Bruto dele. Ele me disse que o PIB dele era menor que o dos americanos e, principalmente, que o dos africanos, já que os africanos exportavam muito pé de mesa, mas que apesar disso já tinha conseguido foder com o país inteiro. Ele me pediu para ficar na oposição de quatro, que era a oposição preferida dele. Foi tudo muito rápido.

Depois que ele foi embora, eu fiquei sabendo que as garotas novas são disputadas pelos fregueses. Achei estranho, queria acabar logo com aquilo, queria sair correndo e entrar debaixo do chuveiro, queria pegar logo o dinheiro e comprar o vestidinho vermelho. Ficava falando para mim mesma: "Quando conseguir juntar o dinheiro para comprar o vestido, eu caio fora". Mas quanto mais eu ia conseguindo dinheiro, mais eu queria ficar para conseguir mais dinheiro com sacanagem. Depois do vestido vermelho, veio o vestido branco, o amarelo. Era um círculo vicioso.

Agora eu entendo por que todo político sacana quer ser reeleito.

A primeira greve

Eu fazia programa ao lado da fábrica. Assim, logo descobri que quanto mais os companheiros cruzavam os braços, mais eu descruzava as pernas. O movimento aumentava muito. Eles paravam de trabalhar e o meu trabalho dobrava. Felizmente, para mim, eles viviam em greve e eu pude juntar um bom pé-de-meia. Aliás, não só um pé-de-meia, como vários pares de meias, várias camisolas vermelhas, um montão de vestidos e até um carro. É claro que o carro eu comprei direto da fábrica, com desconto, afinal minha clientela estava quase toda lá. Muitas vezes saía no jornal que "a greve não era legal", mas pra mim era legal pra cacete.

É dessa época o meu lema: Dou tudo pelo social.

Falta de acordo

Um dia um cliente me procurou muito nervoso. Ele já entrou perguntando:

– Oi, você faz fiado?

Eu fiquei pensando e respondi:

– Olha, eu faço oral, papai-mamãe, frango assado, carrinho de mão, helicóptero, me visto de colegial, enfermeira, dançarina... fiado nunca fiz, não; mas se pagar bem eu topo.

Aí o cara veio com uma conversinha de que fiado era fazer o serviço na hora e receber depois.

Eu tive que cortar a conversa:

– Peraí, assim também não. Assim é sacanagem demais. Tem que pagar adiantado pra botar a mão na carroceria aqui. Desse jeito não tem acordo.

Beijo de língua presa

Estava tudo preparado. Já tinha tomado banho, já tinha tomado uns tragos para relaxar e só estava esperando o primeiro cliente do dia para começar o turno. Toca a campainha e eu vou atender, com um shortinho bem cavado e uma camiseta justinha.

– Oi, eu tenho hora marcada.

– Oi, pode entrar.

– O Zé que me falou de você. Você é bonita mesmo.

– Ah, obrigada. Aceita um drinque?

– Ah, aceito sim, tem pinga? Pode deixar a garrafa comigo que eu gosto de beber um pouquinho pra ficar mais à vontade.

– Ah, tá bom, mas se você beber tudo vai acabar o seu tempo e você não vai fazer nada comigo.

– Pode deixar que eu enxugo rapidinho e já vou tirando a roupa junto. E se não der tempo a gente vai pra hora extra.

– Não pode. Depois eu já tenho outro cliente.

– Tá bom, então vamo lá que eu tomo depois. Posso levar a garrafa?

– Pode, pode. Paga a garrafa e você pode levar.

– Então vem aqui me dar um beijinho.

– Ai, aaaaaaai, minha língua!

– Ô, me desculpa, moça, você me apressou e eu esqueci que estava usando aparelho.

– E agora, como é que a gente vai se soltar? A gente não pode ficar assim.

– Deixa comigo. Pronto, viu?

– Nossa, como você conseguiu soltar a língua rápido assim?

– E você acha que eu sou louco de ficar sem poder tomar a minha pinguinha?

Aí eu o aconselhei:

– Beba com moderação. Lembre-se de que CUT de bêbado não tem dono.

Piquete na cama

Os companheiros do sindicato um dia fizeram greve de sexo. É que na casa da dona Dirce havia o piso térreo e o andar de cima. O pessoal do sindicato queria ser atendido na parte de cima da casa, que era um lugar mais discreto, com quartos maiores, de mais categoria. Depois do protesto, sem que ninguém fosse nos visitar, dona Dirce concordou rapidinho com a reivindicação. Esse passou então a ser chamado de "O piso da categoria".

A manifestação durou um dia. Para encerrá-la, o presidente do sindicato pediu aos grevistas que aqueles que fossem a favor do fim da greve levantassem a mão cheia de pêlos. Foi uma decisão unânime.

Seu pistão no meu anel

Estou saindo do ABC para ir atender em outra cidade. Me disseram que a sacanagem rola mais por lá, então eu acho que vou me dar bem. Só acho que vou sentir falta dos meus clientes metalúrgicos. Poxa, afinal, foi com eles que eu aprendi a mexer no torno e a pegar na ferramenta. Saio daqui com dor nos peitos e o escapamento pegando fogo, mas se é para ir aonde tem mais sacanagem, Brasília, aqui vou eu!

Psol, mas quem não é?

Hoje veio aqui um vereador. Ele diz que é do Partido Comunista, um tal de Partidão. Eu não achei ele partidão coisa nenhuma. O cara não tem grana, é feio, não transa bem. Partidão é o Gianecchini.

Logo depois veio um senador casado, que não sabia se traía a esposa ou não. Eu falei que esse negócio de fidelidade partidária não tava com nada.

Esse também tirou do bolso um remédio contra impotência. Na bula estava escrito que o remédio tinha efeitos colaterais como dor de cabeça. Realmente, ele ficou com uma dor de cabeça das grandes, porque a gente transou sem camisinha, e eu fiquei 15 dias com a menstruação atrasada. Já pensou se eu tenho um filho de um senador? Iriam xingar muito o coitadinho. Deus me livre. Prefiro que meu filho seja juiz de futebol.

Ave Marisa Surfistinha

De galinha sem classe a perua descolada na alta sociedade: tô pensando em publicar um livro falando da minha vida, e virar famosa, para participar de diversos programas de TV. Semana passada vi um muito legal, o Rolentrando.

Outro programa que eu estava louca para participar era o BBB, mas me disseram que para eu me inscrever falta um B, porque eu só sou BB: baranga e burra.

Futuro promissor ou promissória?

Hoje atendi um cara que vai se candidatar a presidente. Ele ficou apaixonado por mim. Me falou um monte de coisas lindas. Fiquei tão encantada que acabei fazendo uma boquete de urna sem cobrar nada. Ele quer que eu seja o símbolo da campanha dele, porque, segundo ele, o povo tem que ter o que comer.

Já pensou se a gente se casar e se ele se eleger? Vou ser a primeira dama da noite.

E, além do mais, lugar de galinha é na Granja do Torto, não?

Sex Chopp

Se um dia eu largar essa vida, vou abrir um boteco para vender chopp. Vai funcionar assim: o cliente que comprar 10 chopps vai ganhar uma choppada.

Hoje à tarde veio um cliente que vem toda semana. Ele deve ser agricultor, porque sabe plantar mandioca como ninguém. O cara aparece montado numa mula e deixa o bicho amarrado num poste bem aqui em frente. Por causa disso, já estão chamando nosso estabelecimento de Mula Rouge.

Roda da Fortuna

O que será que o futuro reserva pra mim? Foi para ter resposta pra isso que eu fui a uma dessas mulheres que lêem tarô. Ela puxou uma carta que era a Roda da Fortuna. A mulher me disse que a Roda da Fortuna era um arcano e que aquela era a minha carta da sorte. Aquilo me impressionou. Desde então eu tenho usado mais e mais a minha roda pra fazer a minha fortuna. E tô arcano com as conseqüências. Naquele dia ela disse que ia traçar o meu destino. Eu falei que não. Onde já se viu, uma mulher querer traçar o meu destino? Eu faço qualquer negócio, "pagando bem, que mal tem?", mas prefiro homem. Por isso eu preferi ser traçada por um senhor que me pagou 200 reais logo que eu saí dali.

Soltando o frango

Um dos meus melhores clientes foi preso. Fui até a delegacia conversar com o delegado, para ver se um *habeas pernas* seria suficiente para soltar o cara. O delegado endureceu comigo, *pero sin perder la ternura jamás.*

Na volta, já tinha um outro cliente me esperando. Era um general da ativa. Mas hoje ele só queria ficar na passiva.

Pelo menos ele me paga bem, porque é cliente 4 estrelas do banco. Aliás, já estou acostumada a essa vida de atender general. O pessoal da fábrica de carros trabalha para um tal de general Motors.

Mas eu não posso ficar nessa a vida toda. Quero ser famosa. Já pensei em usar a internet a meu favor, e lançar um fodcast, que vai ser um arquivo de áudio com os meus gemidos.

Dando o currículo por aí

Hoje apareceu mais um político aqui. Ele disse que era ministro do Trabalho. Aí, enquanto ele examinava o meu fundo de garantia, eu fiquei me imaginando como ministra.

Eu tenho qualificações para trabalhar em vários ministérios. Por exemplo, eu poderia assumir o Ministério da Educação Sexual. Ou o Ministério das Relações Sexuais Internacionais. Ou até o Ministério do Turismo Sexual. Ou, ainda, a Secretaria de Combate à Seca: se tiver algum homem na seca eu vou lá e acabo com o problema.

Eu tenho as minhas qualificações, tá? Sou inteligente. Faço oral, anal e intelectual.

À noite atendi um cinqüentão que vive aparecendo aqui e dizendo que adora passar cantada em meninas de 18 anos. O cara é chegado num fio-terra. Por conta disso ele está sendo chamado de Tio Elétrico.

Funk you

Se eu não conseguir nenhum ministério eu posso seguir carreira de cantora funk. Até já estou escrevendo uma letra. Começa assim:

Vem meu gostosão,
vem com a sua gatinha,
vem entrar no meu partido
que minha mão tá molhadinha

Mulher dengosa

Uma das moças que trabalha aqui está toda dengosa. Ela ficou assim depois de virar ninfomaníaca, por conta de uma picadura de mosquito da dengue. Pode uma coisa dessas? É o fim da picada.

Justiça seja feita

Passei a noite de ontem com um cara que disse que era juiz de uma tal de vara cível. Ou seja, a gente tem um trabalho muito parecido: passamos um bom tempo na vara. Ele demorou muito para gozar e ainda gozou fora do lugar. Vai ver que é por isso que dizem que "a justiça tarda, mas não falha" e também que "a justiça é cega".

Justiça de novo

O juiz de ontem me indicou para um amigo dele, que também é juiz. Mas esse foi diferente. Cara mais estranho. Só me deu uns beijos. Depois foi pro banheiro. Acho que foi fazer justiça com as próprias mãos.

Rifa

Estou pensando seriamente em promover um leilão de mim mesma. Ia ser um grande acontecimento, já pensou? O leiloeiro perguntando aos homens: "Quem dá mais?", e eu respondendo: "Eu! Eu!".

Que esporte espetacular

Um amigo meu que é gay está sem traçar ninguém faz algum tempo. Aí eu dei uma idéia para ele: fazer uma partida de futebol beneficente para arrecadar fundos. Assim ele fica com um monte de fundos para se fartar a hora que quiser.

Ranking

Se fizerem uma pesquisa para ver quem mais faz sexo neste país, eu ganho fácil. Eu sempre vou aparecer na frente de qualquer ranking. Afinal, já estou acostumada a ter um monte de gente atrás de mim.

Aplicando

Um amigo da área financeira me falou que preciso fazer umas aplicações para garantir o meu futuro. Então peguei um dinheiro que tinha guardado e fui correndo aplicar tudo em Botox.

Ano-Novo, vida fácil nova

Mais um ano está para começar. É agora que eu mudo de vida. Já negociei a publicação do meu livro com os Irmãos Bacalhau. Vou ser rica, famosa e poderosa. Vou influenciar o Legislativo, o Judiciário e os executivos.

Já tenho proposta para meu livro virar história em quadrinhos. Vou ser a Surfista Bronzeada, por causa da minha cor.

Vou lançar o meu cartão de crédito próprio. Vai ser o American Sexpress – não saia de casa de massagem sem ele.

Também vou abrir uma rede de cafeterias, a Café Tina.

Fim

Capítulo 2

Etiqueta sexual

Você pensa que sexo pode ser feito de qualquer jeito?
Não é assim; no sexo também tem etiqueta.
Aprenda o que fazer para não escorregar na hora H.
E, se escorregar, que seja pra dentro.

Onde eu penduro minha etiqueta sexual?

Se você tem muita etiqueta sexual, daquelas que ficam balançando ao relento, é melhor mantê-la dentro da calça e só tirá-la na hora de usar.

Onde eu enfio a etiqueta sexual?

Enfia no seu. Porra, mas que pergunta mas sem educação. Isso é jeito de falar? Vai acabar ouvindo resposta que não estava a fim de escutar. Certos verbos devem ser evitados. Prefira algo mais sutil, como "Onde eu introduzo a minha etiqueta sexual?".

Devo falar de sexo durante um almoço de negócios?

Depende. Se a refeição for à base de "penne à putanesca", "mandioca na panqueca", "nabo seco" ou outra comida com nome sugestivo, não vai dar pra evitar.

Cheguei atrasado para uma suruba. Como faço?

Toque a campainha uma vez. Se ninguém atender, toque de novo. Se ninguém vier abrir a porta, toque sozinho do lado de fora.

Marquei presença numa suruba e não pude comparecer. Posso mandar flores para o anfitrião no dia seguinte para me desculpar?

Não. Nesse caso, a boa educação sugere que você mande uma pomada Hipoglós. As flores você pode levar outro dia, quando você for dar o botão.

No meio de uma suruba, como pedir para que me façam sexo oral?
Depende se você está com a boca cheia ou vazia.

Estou esperando uma ligação urgente de um cara que me prometeu um emprego. Posso deixar o celular ligado durante uma transa?
Sim, mas só se for no modo vibratório. Assim você une o útil ao agradável.

Estou desempregada e carente, e um empresário me ofereceu um emprego com um bom salário se eu dormir com ele. Devo aceitar?
Se você está desempregada e carente e ele vai lhe dar um bom salário e ainda garantir mais um pau por fora, por que a dúvida?

Estou tendo um caso com a esposa do meu chefe, e ela quer largar o cara para ficar comigo. Isso pode atrapalhar a minha carreira?
Não, se você tem a intenção de ser promovido deste para outro mundo.

É legal ficar vendo sites pornôs enquanto trabalho?
Se você trabalha numa revista de mulher pelada, nada de mais. Se você trabalha na sacristia de uma igreja, o histórico deles não ajuda muito. Agora, se você trabalha na câmara dos deputados, tudo bem, uma sacanagem a mais ou a menos já não faz diferença.

É errado comer a secretária do chefe dentro da sala dele?
Depende. Ele vai estar lá dentro também?

Meu chefe me aconselhou a ir trabalhar com roupas menores e mais insinuantes, mas não estou a fim de gastar dinheiro com roupa agora. O que faço?
Diga que se ele está a fim de ver você em trajes assim, que ele mesmo pague as roupas. Mas que ele deve se lembrar de que, nesse caso, quando o gato sai os ratos fazem a festa.

Bebi demais numa festa da empresa e acabei transando com um dos meus colegas, mas não me lembro com quem. Devo ir perguntando a cada um para saber com quem foi?
Não. Mas na próxima vez me convide para essa festa também.

Como dizer a um colega que não agüento mais receber as fotos e vídeos pornôs que ele vive me mandando?

Seja gentil e educado. Mande um e-mail a essa pessoa, dizendo que agradece a preocupação dela com sua vida sexual, mas que seu mouse já está peludo de tanto sexo virtual.

Fui tomar um café e, quando voltei pra minha mesa, algum idiota tinha passado por lá e deixado aberta a tela de um site pornô. Devo procurar o imbecil que fez isso pra tomar satisfações ou deixo pra lá?

Se o site for legal, relaxe, mande o link pra gente e esqueça a história.

Meu chefe solteiro vai fazer um churrasco no fim de semana na casa dele e me convidou. O que devo levar?
Você pode levar várias coisas para agradar. Podem ser flores ou uma caixa de chocolate. Mas lembre-se de que na verdade ele quer que você leve uma comida.

Ao receber convidados na empresa, devo permanecer sempre à frente na hora de acompanhá-los durante uma visita pelos corredores? E na hora de abrir a porta, passo primeiro ou deixo que eles passem?
Depende. Se você for uma gostosa e quiser que eles fiquem admirando a sua bunda, vá na frente, rebolando bastante. Na hora de abrir a porta, se quiser, pode abrir e dificultar a passagem para que eles possam se apertar contra você.

No trem que pego para ir trabalhar, o aperto é grande, e ficam uns caras atrás de mim, se esfregando. Como faço para dizer a eles que estou me sentindo incomodada?
Realmente, esse tipo de esfregação no trem não pega bem. Ou você parte para ser encoxada no ônibus ou convida o cara para um passeio na sua casa.

Posso me masturbar no banheiro da empresa?
Empresa é lugar de bater cartão, não de bater outra coisa.

Eu pego carona com um amigo aqui do trabalho, mas o carro dele vive quebrando em frente a um motel, e a gente acaba entrando para usar o telefone de um dos quartos. Isso é correto?
O motor dele deve ser novo e exigir uma troca de óleo constante. Se a potência do motor tem sido suficiente para você, não se preocupe.

Se na hora de entrar no motel o cara insinuar que vamos ter que dividir a conta, e eu não tiver dinheiro, o que eu faço?
Diga a ele que você não tem dinheiro e a transa vai ficar pela metade. Além do mais, racha no motel já tem dona.

Vivo trocando o nome do parceiro. O que faço na hora em que uma confusão dessas acontece?
Xi, nessas horas a gente espera que você seja daquelas mulheres que só atingem o orgasmo apanhando.

Minha namorada quer apimentar a relação. O que digo a ela?
Depende do que ela quer fazer com a pimenta. Lembre-se do ditado. No dos outros é refresco.

Meu namorado vive falhando. O que faço quando isso acontece?
A gente ia aconselhar o mesmo que aquela ministra disse uma vez durante a crise aérea – relaxa e goza –, mas no seu caso não adianta.

Como devo falar sobre DSTs com o cara que estou começando a namorar?
Fale de maneira natural, como outro assunto qualquer. Exemplo: vocês estão vendo fotos antigas dele. Aí você comenta:

– Uau, você nesta foto aqui estava mais magro. Foi quando você pegou aids?

Posso fingir orgasmo?
Yeeesss! Oh, yeees! Uuuuuuuuh! Yeesssssss!

É errado transar de meia?
Pelado de meia é a visão do inferno. Ninguém merece. A não ser que a mulher queira ir para a cama com bobes na cabeça. Aí, pode ir de meia, cueca bordô furada, pijama com estampa de time de futebol. Afinal, se vocês querem sacanagem, que seja no capricho.

Qual é o tempo certo para uma preliminar?
Preliminar de sexo não é como preliminar de futebol, que você fica torcendo pra terminar logo e partir para o jogo principal. Preliminar no sexo é aquecimento, ou você já viu jogador entrar em campo sem fazer aquecimento?

Minha namorada quer usar uns acessórios estranhos, mas eu não estou a fim de nenhum. Como explicar isso pra ela?
Depende do acessório. Se for um pênis de borracha, diga que amanhã você tem uma reunião importante e precisará passar

um bom tempo sentado. Se for um chicote, você pode dizer que participou de uma encenação da Paixão de Cristo ano passado e que não gostou do papel.

Minha namorada só usa calcinhas brancas, mas eu adoro calcinha preta. O que devo fazer?
Simples. Compre calcinha preta pra você e use, santa!

Estou duro. Posso lavar a camisinha pra usar de novo?
De jeito nenhum. Aquele ditado "lavou, tá novo" não vale pra camisinha. Agora, se você está duro, o problema é seu, não é a gente que vai dar uma mãozinha.

Depois de um tempo de relacionamento posso fazer xixi de porta aberta?
Fazer xixi de porta aberta é tão estimulante quanto esquecer de dar a descarga e deixar em exposição o deputado boiando na privada. Então, por mais que vocês já sejam íntimos, feche a porta, tenha um momento só seu. Aí você aproveita e tira a catota do nariz, enfia o dedinho na orelha, espreme a espinha, se recompõe e sai toda sensual e rebolante do banheiro.

É falta de educação ir tomar banho logo depois da transa?
Sair correndo para tomar um banho assim que termina a relação é uma tremenda falta de educação e sensibilidade. E nem me venha com a desculpa de que precisa sair voando para uma reunião. Relaxe, dê um tempinho para acalmar seus

batimentos cardíacos e diga com carinho: "Olha, mor, vou tomar uma ducha, mas não é porque você está fedida, não, nem quer dizer que eu tenho nojo de você. Só vou tomar um banho agora porque faz uns dois dias que não passo nem um lencinho umedecido". Ela vai adorar saber que você tem toda essa consideração por ela e vai querer transar com você de novo, assim que passar a ânsia de vômito.

Entre quatro paredes vale tudo mesmo?

Tudo bem que você ouviu um monte de gente dizer que entre quatro paredes vale tudo, mas quando dizem isso estão falando de sexo. Soltar um pum não entra nessa relação de vale tudo. Peça licença, faça de conta que vai ao banheiro tirar água do joelho e solte o pum enquanto aperta a descarga para disfarçar o barulho. Se o pum foi no capricho, abra a janela e disperse os gases abanando a toalha de rosto.

Estou louca para fazer um fio-terra no meu marido. Será que ele vai aceitar na boa?

Fio terra é algo que divide opiniões, então, cuidado. Antes de ligar o fio terra pergunte se o parceiro deseja receber a ligação. Vai que o choque é muito grande e ele entra em curto...

Que fantasias eu posso usar para apimentar a minha relação?

Usar fantasia de enfermeira com um cara que acabou de receber alta do hospital não vai tornar a sua noite mais prazerosa, a não ser que haja um toque sadô na sua relação. Usar fantasia de colegial com um cara que acabou de tomar pau na escola também não vai ser uma boa lição. Veja primeiro qual o gosto pessoal do parceiro. O que é excitante para uns pode ser broxante para outros. O que dá certo com um parceiro pode não dar certo com outro. Por exemplo, tinha um cara que adorava que a mulher usasse máscara, chicote e pisasse nele com salto alto, daqueles bem finos, tipo agulha. Ele adorava isso, até a noite em que pegou uma mulher que estava um pouco acima do peso. Coitado do nosso amigo Zé do Pulmão Furado, nem vou contar o que aconteceu com ele.

É um erro grave deixar a calcinha pendurada no box do banheiro?

Calcinha pendurada no box ou no registro do chuveiro é tão grave quanto cueca furada: tira o tesão de qualquer um. Se for daquelas calcinhas tipo calçolão com cor de emplastro, então, nem dá para comentar. Precisou lavar a calcinha no chuveiro? Sem problemas, passe pelo quarto com a calcinha na mão, dizendo sensualmente: "Olha, mor, fiquei com a calcinha molhadinha...".

Vou dormir na casa do meu namorado. Devo levar algum presente para os pais dele?

É comum a moça levar, por exemplo, uma sobremesa quando vai jantar na casa do namorado para conhecer os pais dele, mas o mesmo não se aplica quando ela vai dormir lá. Não é de bom-tom presentear a mãe do rapaz com um vibrador, nem o pai dele com uma cartela de Viagra. Leve no máximo umas flores que já está bom demais.

A mãe da minha namorada pegou a gente transando no sofá. E agora, com que cara eu vou aparecer lá?
Você pode aparecer com essa sua cara-de-pau mesmo. Se o assunto vier à tona você pode dizer: "Olha, a senhora me desculpa, mas foi só um mal-entendido, porque sua filha me perguntou 'não quer ir lá em casa pra comer alguma coisa?'".

Se eu engolir o sêmen no sexo oral, o que pode ser transmitido?
Depende. Se a câmera do celular do seu namorado estiver ligada, a felação poderá ser transmitida para o YouTube e virar o grande hit da internet.

Como faço para ter uma noite de sexo ardente?
Existem algumas opções. A primeira é o seu namorado dormir com o cigarro aceso na cama. A outra é vocês transarem na areia. Existem ainda relatos de gente que escutou que usar frutas na relação poderia aumentar o tesão, mas não encontrou outra fruta que não fosse limão.

É legal ser um voyeur?
Voyeur é uma pessoa que sente prazer em ficar olhando os outros fazendo as coisas, como, por exemplo, o seu chefe ao ver que você dá um duro danado no trabalho. Existem as variações, como o vovoyeur, que é um velhinho míope que fica horas e horas espiando pela janela, para perceber muito tarde que quem está na cama é apenas o marido da vizinha, e não ela.

É deselegante usar camisinha colorida no primeiro encontro?
Não, contanto que não seja uma cor muito chamativa. Camisinha fluorescente, por exemplo, já é demais, porque aí o seu pinto vai chamar muito a atenção e ela pode achar que o seu bilau é radioativo e não vai querer nada com você.

Posso levar o meu vibrador para a cama junto com o meu namorado?
Se vocês já forem bem íntimos e ele não se importar, pode. Se vocês ainda não se conhecem direito, é melhor tomar cuidado, ele pode ficar com ciúmes do seu vibrador e querer afogá-lo na privada quando você não estiver olhando.

É falta de educação chupar uma bala de hortelã enquanto faço um oral?
Não, dizem que o geladinho da hortelã é até estimulante. Mas veja bem, na falta de bala não vá mascar um chiclete de bola que o resultado pode ser desastroso.

Se eu soltar um pum durante um 69 devo pedir desculpas ou fingir que não fui eu?
Vai ser meio difícil fingir que não foi você, então o melhor é mudar de posição rapidinho e começar a gemer bem alto para disfarçar.

Como faço para o meu novo namorado não perceber que sou uma mulher frígida? Não quero magoá-lo.
Marque as transas sempre para a hora do futebol.

Já experimentei oral com chantilly, leite condensado, creme de leite. Ele pode achar que eu tenho nojo dele?

Não, essa variação de coberturas é normal, mas nem pense em colocar o bilau dele no freezer para fazer picolé.

Capítulo 3

Afrodisíacas

Sexo sem comida não é sexo, é amor platônico. Então fizemos uma ampla e rígida pesquisa sobre comidas afrodisíacas para você gozar os prazeres da mesa antes de gozar os prazeres da cama. Se bem que tem gente que prefere fazer em cima da mesa mesmo.

Açaí – se você transa muito, pode acabar assando aí, assando acolá.

Acelga – comida que excita gente que fala errado, como o Cebolinha naquela piada em que ele come a celga, a sulda e a muda.

Amendoim – primeiro você tira uma casquinha, depois pode comer: amendo in, out, in, out, in, out.

Banana – antes de ir para a cama é só pegar uma banana e falar: "Amor, descasca uma pra mim?".

Batida – álcool demais prejudica a performance na cama, mas beber com moderação ajuda a relaxar. Podemos citar como exemplos a batida de limão, a de coco e a batida de kiwi, mas a que funciona melhor como afrodisíaco continua sendo a batida de punheta mesmo.

Beijinho – é bem excitante, já que quando existe beijinho em profusão, por mais açucarado que seja, não rola cu-doce.

Berinjela – a simples visão de uma berinjela fazendo volume na sacola pode deixar uma mulher com água na boca.

Biscoito – como o nome já diz, é praticar coito duas vezes sem tirar do pacote. Tem o biscoito de rosquinha, mas esse é difícil de encontrar, porque as mulheres costumam guardar para fazer doce.

Biscoito Maria – o preferido do biscoito Manuel. Quando se juntam, o biscoito Manuel recheia o biscoito Maria.

Bruscheta – torradinha é uma delícia. Com marquinha de biquíni, então, putz, nem se fala.

Caipirinha – apesar de ser feita originalmente para beber, muitos querem comer a caipirinha, sô!

Canela – principalmente as bem torneadas e acompanhadas por um belo par de coxas.

Caracu – dizem que caracu com ovo faz maravilhas, mas se tirar o ovo e a cara também resolve.

Casquinha de Siri – um cara num programa chamado Big Bronha Brasil chegou a tirar uma casquinha de uma das participantes.

Cenoura – para você ver até onde pode chegar a criatividade das pessoas, tem gente que transa com cenoura, com pepino, com melancia, com abobrinha, com nabo e às vezes até mesmo com um pinto.

Champanhe – bebida com bolinhas que deixa as mulheres soltinhas.

Chocolate – tem gente que acha que chocolate é tão bom que até substitui o sexo. Eu tentei, mas achei que o lençol ficou muito lambuzado.

Chocolate Bis – muitos homens querem Bis, muitas mulheres também, mas normalmente as mulheres ficam chupando dedo.

Chuchu – dizem que o chuchu serve de comparação com o comportamento sexual de certas mulheres, uma vez que o chuchu dá em qualquer canto.

Cookie – tem muita gente que acha que comer cookie é bom.

Coxão duro – aquela beleza de coxa de garota malhada em academia.

Croquete – vai comer agora ou vai levar pra comer em casa?

Cuscuz molhadinho – a parte mais afrodisíaca desse prato é antes do preparo, quando a mulher pergunta: "Quer que eu faça cuscuz pra você hoje?".

Entrada – tem gente que dispensa e quer ir logo no prato quente, mas não dá para resistir se ela pergunta: "Quer comer a entradinha?".

Escondidinho – não tem nada mais excitante do que comer escondidinho atrás do armário, embaixo da mesa, no banheiro, na escadaria do prédio...

Esfiha de perereca aberta – essa é pra cair de boca antes de agasalhar o quibe.

Filé mignon – quer coisa mais excitante do que saber que o prato principal vai ser um filezinho?

Gemada – você faz com que seu parceiro gema bastante.

Homus – tem o homus sexual e o heterus sexual. O heterus sexual é o que não se esfrega na bengala. Ultimamente também apareceu o metrus sexual, que é o homus sexual chegado num sanduíche de metro.

Língua de vaca – tem gente que acha nojento, mas lambida de vaca é ótima para fazer o paio crescer.

Macarrão instantâneo – comida que sofre de ejaculação precoce, já que fica mole em menos de três minutos.

Maminha – difícil de encontrar atualmente, porque depois da moda do silicone você só encontra mamão.

Manga – na falta de coisa melhor para chupar, pegue uma manga, descasque e vá treinando.

Nhoque – pequena mordida que geralmente vem depois da lambida. Mas cuidado: se você der um nhoque com força, não vai ser nada afrodisíaco.

Ostra – pode parecer estranho, mas ostra é afrodisíaco porque tem gosto de sexo na casa da praia.

Ovo de codorna – dizem que é ótimo para levantar defunto, mas tem um efeito colateral que fede pra cacete, o que pode fazer o defunto voltar a se deitar.

Pacu – sabe quando o pacu fica bem assado? Quando dá pra dois.

Peito de galinha – muitos homens estavam evitando comer galinha depois do boato de que elas estavam com muito hormônio, mas agora, com o advento dos peitos de silicone, os peitos de galinha estão novamente em alta e firmes.

Penne – prato que as mulheres adoram repetir: "Vou querer dois pennes".

Piranha na telha – fast-food: é só ligar para uma piranha e levar para comer no telhado.

Pirulito – também conhecido como chupe-chupe.

Prato predileto – é usado como moeda de troca: "Se eu fizer o que você gosta de comer hoje à noite, você rala o pepino pra mim?".

Quiabo – na falta de um lubrificante, esfregue um quiabo na mandioca. Se ela estranhar o cheirinho, fale que é um lubrificante natural, ecologicamente correto.

Rabada – prato explícito.

Rolinho da primavera – enquanto você não arruma nada, vai tendo um rolinho com a prima gostosa.

Rosquinha – você assistindo TV no meio da tarde e ela vem oferecer a rosquinha. Não dá pra resistir.

Rosquinha com azeite – tem gente que gosta de molhar no café, outros preferem molhar no leite, mas o certo mesmo é regar com azeite para a rosquinha ficar bem lubrificada para comer.

Sopa – mulher que dá sopa, a gente come.

Sorvete – bom para as preliminares. Você convida a garota para tomar um sorvete e fica imaginando o seu bilau no lugar do picolé ou da lambida no sorvete de casquinha. Só tome cuidado para não gozar na sorveteria.

Suspiro – se foi bom pra você e foi bom pra ela, então rola um suspiro.

Torta de chocolate – por mais direita que seja, não há mulher que não caia nessa tentação lambendo os dedos.

Vinho – primeiro você toma uma taça, depois tira a meia-taça, e depois...

Capítulo 4

Dindim por dindim

Algumas coisas muito bem explicadas que você precisa saber sobre dinheiro antes de gastar tudo. E outras frases intrometidas.

– O Ministro da Economia é a base da porcaria.

– Gay enrustido quer ser vice-presidente do Brasil, porque assim, sempre que o presidente viajar, ele poderá assumir.

– Comece a investir cedo. Até porque o banco fecha às 16h30.

– Traficante de cocaína que se preze não bebe Pepsi.

– Eu não quero a chave do sucesso. Me basta a do cofre.

– Dinheiro chama dinheiro. Mas o meu parece que é mudo.

– Mais vale uma poupança na mão do que dois cofrinhos voando.

– Como diria aquele senador pego utilizando laranjas para encobrir negócios escusos, "laranja é rico em vitamina $".

– Otimista é aquele que acredita que a política de Brasília vai melhorar. Pessimista é aquele que acredita que já melhorou.

– Depois de trabalhar duro durante décadas, finalmente conseguiu juntar dinheiro para comprar um fiscal.

– O problema é que tem muito homem da vida pública que bóia quando cai na privada.

– Para ganhar dinheiro, a mulher de vida fácil teve que engolir muita coisa.

– Crime de colarinho branco não acontece só entre fabricantes de sabão em pó.

– Era um traficante de cocaína muito competente. Fez uma grande carreira no crime.

– Era camelô, mas para o sogro dizia que trabalhava com comércio exterior.

– Dinheiro e infância, duas coisas que vão embora e você nem percebe.

– O dono do carrossel teve que fechar porque não tinha capital de giro.

– Capital de giro na zona é rodar a bolsinha.

– Resolveu abrir uma fábrica de bolas porque fazia tudo no chute.

– Queria viver de renda. Então montou uma loja de lingerie.

– Errar é humano, mas a professora não leva isso em consideração.

– Para realizar o sonho de abrir uma padaria teve que queimar muita rosquinha.

– Começou como sacoleiro, depois montou uma banquinha de camelô, e dois anos depois já tinha cinco bancas. Dois anos depois conseguiu montar uma loja. Um ano depois teve que fechar porque estava devendo todo o seu patrimônio em impostos.

– A coisa mais difícil de ter um negócio próprio é ter um sócio. Principalmente porque seu sócio, queira você ou não, é o governo.

– O restaurante faliu e então ele resolveu ganhar dinheiro escrevendo um livro de congestão de negócios.

– Ganhe dinheiro com o suor dos outros: abra uma academia.

– Descobriu que o retorno viria em 24 meses. Então, só abriu o negócio dois anos depois.

– Abriu uma agência de propaganda, mas teve que fechar por falta de divulgação.

– Não é só batom que vende no boca a boca.

– Quem nunca desperdiçou dinheiro que atire a primeira moeda.

– Nunca peça emprestado ao banco, a não ser que sua cor predileta seja o vermelho.

– O cliente sempre tem razão, mesmo quando não tem.

– Slogan de funilaria: Bata antes de entrar.

– Slogan da Associação contra a Violência: Entre sem bater.

– Quem sofre de cálculos renais que retire a primeira pedra.

– Procurava liquidez, então investiu tudo em cachaça.

– A filha sempre gastava mais do que tinha, então resolveu investir nessa sua qualidade: vai ser deputada.

– Nos países orientais, quando um homem é pego praticando corrupção ele se mata porque perdeu a honra. No Brasil, quando um homem é pego praticando corrupção ele se candidata novamente, porque a única coisa que ele perdeu foi a vergonha.

– Cientistas do mundo inteiro estão prevendo um futuro sombrio para a Terra. E olha que eles nem visitaram Brasília.

– Cuidado com as palavras "só" e "tudo isso":
1% para sua aplicação é tudo isso.
11% de juros do cheque especial é só isso.

– Entrou no banco para abrir uma alfaiataria e saiu devendo as calças.

– Em tribo que tem muito cacique, índio não sabe para que lado atira as flechas.

– Tinha verdadeira ojeriza a sabão em pó. Seu caso foi classificado como Omofobia.

– Era uma modelo que bebia tanto, mas tanto, que estava para trocar o São Paulo Fashion Week pelo São Paulo Fashion Uísque.

– Era tão mão fechada que nem conseguia se masturbar.

– Abriu uma empresa para vender novelos de lã pela internet. Foi a primeira Lã House do mundo.

– Se você quer retocar as suas fotos, nas quais aparece sem bolsas, roupas, sapatos, jóias ou outros artigos de grife, use o PhotoShopping.

– Eu não quero pílula para evitar filhos, o que eu quero mesmo é uma pílula para evitar a minha sogra.

– Seu carro não tinha airbags, em compensação, a namorada...

– Tanta tecnologia para fabricar laptop com 1 mm de espessura, celular fino como folha de papel, e eles não arrumam um jeito de afinar a minha barriga.

– Celular agora tem câmera, filmadora, MP3, MP4, agenda, televisão digital... só falta falar.

– Estava tão bêbado que quando ouviu que era uma batida policial gritou: "Oba, uma pra mim também, mas eu quero de coco".

Capítulo 5

Verdades incontestáveis que a gente vai contestar

Verdade incontestável número 1:
Trate bem os clientes que eles voltam.

Um amigo nosso, extremamente profissional e boa gente, estudou nas melhores escolas, fez pós-graduação nos Estados Unidos, MBA na Inglaterra, estagiou no Japão, trabalhou na China, na Alemanha e no Canadá. Aí resolveu voltar ao Brasil e abrir um negócio. Sempre tratou os clientes como ninguém. Dava a eles as melhores roupas. Entregava flores para eles. Orava por eles. E eles não voltavam. Será que é porque o negócio dele era uma funerária?

Verdade incontestável número 2:
O cliente sempre tem razão.

Por acreditar nessa verdade empresarial, Joseph Stone foi à falência. Joseph sempre foi um homem correto e trabalhador. Quando conseguiu juntar dinheiro para tocar um negócio, não teve dúvidas. Mas perdeu tudo seis meses depois. O manicômio dos seus sonhos teve que fechar as portas, porque, afinal de contas, se o cliente tem razão ele não pode ficar internado.

Verdade incontestável número 3:
Sempre existe uma luz no fim do túnel.

Seu Bráulio Alceu sempre foi um pessimista. Igual àquela hiena do desenho animado. Mas a sua mulher, que era uma baranga (já viu pessimista conseguir pegar uma gostosa?), ficava o tempo todo falando para ele não desistir nunca. Em 1992 estava com oito prestações do carro atrasadas, devendo o aluguel de dois anos, desempregado, devia também para a escola dos filhos, para a tia, para o vizinho e para todas as lojas em que tinha feito crediário. Mas a mulher falava que ele precisava parar de olhar para baixo, levantar a cabeça e olhar para a frente para enxergar a luz no fim do túnel. Então, numa noite de inverno daquele mesmo ano, seu Bráulio Alceu viu uma luz lá longe. Era isso! A luz, finalmente tinha visto a luz. Abriu a porta da casa pulando de alegria e quase foi atropelado. A luz que se aproximava eram os faróis do caminhão que estava chegando para cortar a luz que ele não pagava havia três meses.

Verdade incontestável número 4:
Dinheiro não traz felicidade.

Conheço muito rico triste. E conheço muito pobre feliz. Mas isso não quer dizer que dinheiro não é importante no mundo capitalista em que vivemos. Quem disse isso deve ter sido um comunista. E o modelo do comunismo acabou já faz um tempo, só esqueceram de avisar o Fidel. Sabe como é, nesses tempos de combate à pedofilia não ficaria bem ficar divulgando comedores de criancinhas nem discos de Michael Jackson.

Então vamos listar as coisas: o que traz felicidade para você? Mesa farta? Para ter a mesa farta você vai gastar uma bala no supermercado. Saúde? Já viu os preços das diárias na UTI? E as consultas, os remédios, os planos de saúde? Uma fortuna. Ter o último modelo de carro esportivo na garagem? Uma cobertura em Copacabana? Uma pousada em Porto de Galinhas? Uma viagem ao Taiti? Ah, quero ver fazer isso sem dinheiro. Tá certo que ainda existem pessoas que conseguem se desprender dos bens materiais e são felizes, mas aí não vale, porque eles são monges tibetanos.

Verdade incontestável número 5:
O olho do dono engorda o gado

Veja, por exemplo, aquele senador alagoano: o gado dele engordou, valorizou mais que ação da Petrobras, multiplicou-se mais que coelho que tomou Viagra, e ninguém nunca viu um bezerrinho dele. A única coisa de pecuária na vida dele era uma vaca para quem ele pagava pensão. Olho do dono não engorda gado nenhum, o que engorda o gado mesmo são os ares de Brasília.

Verdade incontestável número 6:
A propaganda é a alma do negócio

Mais uma mentira. Veja o caso dos bancos, das instituições financeiras e das empresas que vendem com juros lá em cima. Eles fazem propaganda vendendo a falsa ilusão de que você vai poder fazer mil e uma coisas com o dinheiro que eles lhe emprestam. E aí ninguém percebe o assalto ao qual está sendo submetido. Portanto, a frase está errada. O correto mesmo é “A propaganda é a arma do negócio”.

Verdade incontestável número 7:
Quem fica parado é poste

Você pega o seu carro na cidade de São Paulo, às 18 horas, e tenta sair da Zona Norte para chegar à Zona Sul. Às 19h30 percebe que ainda está na metade do caminho. Logicamente, quem fica parado não é só o poste, mas o motorista e o carro. É por isso que em São Paulo o esporte mais popular é o autoimobilismo.

Verdade incontestável número 8:
Tudo o que sobe, desce

Um amigo nosso passou o maior apuro porque tomou um desses remédios contra impotência, e não leu a bula, onde estava escrito que a ereção durava até seis horas seguidas. Ele não se tocou e, logo depois de consumado o ato, foi para a praia usando sunga de crochê.

Verdade incontestável número 9:
Dinheiro não nasce em árvore

Se o dinheiro é feito de papel, e o papel é feito de árvore, o dinheiro nasce onde, então?

Verdade incontestável número 10:
A fé move montanhas

Se isso fosse verdade, coitadas das construtoras, iriam gastar uma fortuna em tratores, caminhões, explosivos e mão-de-obra para construir um túnel e iriam concorrer com uma construtora religiosa que só precisaria de um ônibus cheio de romeiros para mover a montanha.

Verdade incontestável número 11:
O amor é cego

Se o amor é cego, por que as bonitinhas casam primeiro e as barangas ficam pra titias? Tá certo que muitas vezes você vê umas mocréias comprometidas e não acredita como elas conseguiram casar. Será que o pai é rico, será que o marido é sadomasoquista, será que é promessa, será que simpatia funciona mesmo?

Verdade incontestável número 12:
Para ficar rico você precisa estudar bastante
A não ser que você estude como os políticos ladrões agem. Aí, sim, o seu futuro estará garantido.

Verdade incontestável número 13:
Quem tem boca vai a Roma
Depende. O fogão de casa tem seis bocas e nunca saiu do lugar.

Verdade incontestável número 15:
Depois da tempestade vem a bonança
Só fala isso quem não mora numa grande metrópole. Rio de Janeiro ou São Paulo, por exemplo: depois da tempestade vem um congestionamento do cão.

Verdade incontestável número 16:
Os últimos serão os primeiros
A minha empregada vivia tendo problemas de saúde. Até o dia em que foi ao INSS. Na fila, disseram para ela voltar no dia seguinte e chegar mais cedo, senão ela não ia conseguir ser atendida.

Capítulo 6

Não é nada disso que você está pensando

Aquecimento global não é o time de futebol da Globo se preparando para o jogo.

Protocolo de Kyoto não é um comprovante de entrega preso a um envelope do restaurante japonês.

Transposição do São Francisco não é tirar de um canto a imagem do santo e colocar em outro.

Comissão de Ética do Senado não é a porcentagem que os senadores cobram para manter a ética.

Choque de gestão não é ser eletrocutado por causa de um grande gesto.

Aberração sexual não é quando a sua vizinha começa a berrar na hora do sexo.

Casa de tolerância não é um lugar que aceita atrasos.

Etanol não é o singular de "eta, nóis!".

I Ching não é um pedido para que você xingue alguém.

Fornicação não é transar dentro do forno.

Peixe-espada não é um peixe macho pra caramba.

Palm top não é um tipo de palmito top de linha.

Base comunitária não é uma maquiagem para uso comum entre todas as mulheres da comunidade.

Símbolo sexual não é o escudo do time da *Playboy*.

Rainha da chupeta não é a maior fábrica de artigos de borracha em forma de bico que são dados às crianças para fazê-las parar de chorar.

Garoto que realiza sua fantasia não é um costureiro novinho que vai deixar você arrasando no desfile do Carnaval.

Capítulo 7

Vidente
Madame Zaroia

Os Irmãos Bacalhau apresentam: Madame Zaroia, a vidente que tem um olho no passado, outro no futuro, outro no presente que você vai dar pra ela. E que receita colírio light para olho gordo.
Mau-olhado? Trabalho difícil? Dificuldades no amor? Dor de corno? Boiolagem?
Escreva para a Madame Zaroia que ela responde para você. Transferência bancária somente após o resultado. Aceito Visa, Mastercard e Ticket. Passe, não. Passe eu mesma dou, e como eu sou dimaior de 65 ando de graça no busão. Leitura rápida em moderna bola de cristal Swarovski.

Madame Zaroia, estou em dúvida se caso ou se faço uma viagem de intercâmbio. Minha mãe acha que eu ainda sou novo e que o casamento pode esperar. O que eu faço?
Júnior, 20 anos

Júnior, também acho que o casamento pode esperar. Mas você precisa ver se a sua noiva pode esperar também ou se ela está louca para sair por aí fazendo intercâmbio com os outros e conhecer o Peru. Mas não quero te assustar, não. Pense que enquanto você estiver no exterior você poderá conhecer o interior de muitas meninas.

Madame Zaroia, sou casada há 16 anos e brigo muito com meu marido porque ele não pára em serviço nenhum. Por que ele não sossega nos empregos que arruma?
Marcicléia, 38 anos

Marcicléia, você não me disse nada sobre o seu marido, não me falou o signo nem a data de nascimento, não escreveu o nome dele, muito menos mandou o cheque ou comprovante de transferência bancária. Então pode ser que minha resposta fique comprometida, mas vamos lá, se eu errar, a culpa é sua. Eu desconfio que ele não pára em lugar nenhum porque não achou o lugar certo para trabalhar. Ele já tentou piloto de testes de fábrica de colchão? Ou piloto de testes de fábrica de camisinha?

Madame Zaroia, meu marido está chegando tarde em casa. Ele fala que está fazendo hora extra, mas chega

de madrugada com marcas de batom, cheirando perfume e cachaça. Será que ele está tendo um caso?
Luzicleide, 29 anos

Luzicleide, você também não me ajuda, não fala o nome, idade, signo do seu marido. Ô pessoal, vamo colaborá, vamo dá informação. Depois eu erro as previsões e vão falar mal de mim.
É o seguinte: ele trabalha numa perfumaria? Trabalha em uma fábrica de cosméticos? Trabalha numa destilaria? Então, filha, abre os olhos. Ele está com outra e ainda está enchendo a cara para comemorar.
Mas Madame Zaroia vai ensinar uma simpatia para resolver o seu problema. Você pega uma cueca dele, deixa de molho de um dia para o outro. Depois pega a mesma água e lava a sua calcinha. Depois de dois dias, pega essa água, faz um chá com casca de mamão papaia, ameixa, laxante e faz ele tomar. Garanto que no dia seguinte ele não vai ter tempo de querer saber da outra.

Madame Zaroia, parece que finalmente as coisas estão dando certo para mim. Com um dinheirinho extra que recebi, contratei dois pedreiros e estou construindo um puxadinho. Ao mesmo tempo, a minha mulher, que andava toda largada e gorda, resolveu se maquiar, fazer uma dieta, até comprou lingerie nova. O que eu devo fazer para essa boa fase continuar?
Cornélio, 42 anos

Xiii, Cornélio, não é por nada, não, mas a animação da sua mulher aconteceu assim, mais ou menos junto com a contratação dos pedreiros? Não que eu esteja afirmando nada, mas o caso é delicado. O trabalho é pesado, vou precisar de umas ervas importadas. Então, sabe esse dinheirinho extra que o senhor falou na carta? Quanto é, mais ou menos? Assim, não precisa falar o valor, mas sabe como é, se o senhor quiser uma solução rápida, antes que a vizinhança comece a falar, pode ser que tenha uma taxa de urgência para as ervas chegarem mais depressa. Bom, o senhor é que sabe. A vizinhança é sua, a mulher ainda é sua.

Madame Zaroia, minha mãe teve um caso com um senador casado e eu nasci. Muito tempo depois, quando eu achava que nada ia acontecer, pegaram o meu pai, descobriram as vacas dele e aí chegaram até a minha mãe. Então minha mãe virou celebridade e saiu pelada na revista. Eu, que não tenho nada a ver com a história, é que fiquei com a fama de filha da puta. O que é que eu faço?
Filha da outra, idade não revelada

Filha, o que tinha que acontecer de ruim na sua vida já aconteceu: você puxou seu pai, vocês dois são filhos das putas. Continue não fazendo nada, daqui a pouco a mídia se volta para você, e é você que vai sair pelada na revista, vai virar celebridade, vai ser convidada para ser apresentadora de TV e vai ganhar dinheiro na moleza. Quanto ao pessoal falar de você, não liga, qualquer coisa é só dizer que você não sabia de nada. Essa resposta tem funcionado bem ultimamente.

A senhora pode me dar uns números para eu ganhar na Mega-Sena?
Ayrton, 35 anos
Anota aí: 62, 75, 77, 82, 88 e 90.

Dona Zaroia, acho que a senhora está lembrada de mim. Uns dias atrás eu escrevi pedindo pra senhora me dar uns números para eu ganhar na Mega-Sena. Eu fui até a lotérica, mas me disseram que os números estavam errados, que na Mega-Sena é até 60.
Ayrton

É para você aprender a lição. Não é até 60? Então, *se senta* e fica esperando aí a vida inteira para eu te mandar os números. Folgado!

Madame, já é a terceira vez que eu faço depósito na sua conta e a senhora ainda não me deu os números da Mega-Sena. Eu quero os números da Mega-Sena!
Ayrton

Claro, Ayrton, anote aí:

01 - 02 - 03 - 04 - 05 - 06 - 07 - 08 - 09 - 10
11 - 12 - 13 - 14 - 15 - 16 - 17 - 18 - 19 - 20
21 - 22 - 23 - 24 - 25 - 26 - 27 - 28 - 29 - 30
31 - 32 - 33 - 34 - 35 - 36 - 37 - 38 - 39 - 40
41 - 42 - 43 - 44 - 45 - 46 - 47 - 48 - 49 - 50
51 - 52 - 53 - 54 - 55 - 56 - 57 - 58 - 59 - 60

Agora é só escolher. Boa sorte!

Dizem que "sorte no amor, azar no jogo". Por que eu não ganho em nenhum dos dois?
Uóshinton da Silva, 23 anos

Filho, você me diz aqui na sua carta que você é atacante do time do Íbis, aquele que é considerado o pior time do mundo. Então, você vai ter azar no jogo sempre. Experimenta ir jogar no Milan, no Barcelona ou no Real Madrid que você vai ganhar alguma coisa no jogo. E aí, mesmo tendo a cara do Ronaldinho Gaúcho, se prepara.

Madame, eu trabalho num circo e estou completamente apaixonado pela contorcionista. Fico olhando pra ela e imaginando um monte de posições sexuais que a gente pode fazer juntos. Você acha que o nosso relacionamento tem futuro?
Golias, 42 anos

Rapaz, pelo que estou vendo aqui, não. Você diz aqui que é o engolidor de espada. Acho que você se apaixonou pela pessoa errada. Tem certeza de que não foi pelo mágico?

Estou mandando uma foto da minha mão. A senhora pode ler o meu futuro?
Manoel, 16 anos

Não dá. Ou o seu scanner tá todo empoeirado, ou a sua mão é coberta de pêlos. A julgar pela idade, acho que é a segunda opção.

Madame Zaroia, estou namorando um homem casado. Será que eu posso esperar ele largar a mulher para ficar comigo ou ele está me enrolando?

Esperança, 27 anos

Claro, Esperança, vai esperando. Estou até vendo na minha bola de cristal: ele vai ganhar sozinho na Mega-Sena acumulada, vai comemorar sapateando pelado em cima da mesa do chefe, nisso, ele tropeça no peso para papel e cai, batendo a cabeça, e fica com amnésia. Com medo da violência no Brasil, a família o leva para a Venezuela e você não vai mais saber dele. Lá, ele se recupera das seqüelas da queda aos poucos e compra uma fazenda de gado, vira fornecedor exclusivo de leite para o governo, monta uma empresa e um dia acaba descobrindo que conseguiu todas essas vantagens porque a mulher era amante de um político do alto escalão. Aí, depois de muitos anos, ele volta para o Brasil falido e corno, e vocês se encontram por acaso em um supermercado. Então ele resolve ficar com você, mas o teto do supermercado desaba e todo mundo morre, menos você. Afinal, a Esperança é a última que morre. Mesmo assim você quer esperar por ele?

Madame Zaroia, meu marido não sai da internet, será que ele vai me trocar por uma máquina mais nova?

Princesa de Java, 35 anos

Olha, se eu fosse você eu faria um teste. Compre uma calcinha nova com os dizeres "clique aqui". Se ele clicar e você ficar ligada, pode ficar tranqüila que o seu casamento só precisa de um upgrade básico. Se ele olhar o recado e não clicar, seu casamento está precisando de uma configuração melhor: que tal uns programas novos? Agora, se ele nem reparar que tem um "clique aqui", dê um download no pau de macarrão para baixar na cabeça dele e troque esse traste por uma máquina com melhor capacidade.

Só porque sou bonita, provocante e gostosa, o bairro inteiro fica me enchendo. Como me livro dos vizinhos chatos que vivem me passando cantadas baratas?
Amanda Delicinha, 23 anos

Vire garota de programa e comece a cobrar R$ 500,00 por transa. Você não vai se livrar das cantadas, mas pelo menos não vai poder dizer que são cantadas baratas.

Quero botar um piercing no umbigo, mas estou com pneus e minha mãe falou que vai ficar ridículo. O que a senhora acha?
Michele Ingudier, 18 anos

Sabe, filha, tem hora que é bom ouvir conselho de mãe. Quantas vezes ela falou para você: "Filha, leva o agasalho", e você não pegou e se ferrou de frio? Quantas vezes ela falou: "Filha, vê se come direito", e você almoçou salgadinho de pacote, refrigerante e bala e ficou com azia o dia inteiro? Então... não que eu seja contra piercing, mas dependendo do volume do seu pneu pode não ficar bem você sentar e o piercing sumir. Aí as suas amigas vão perguntar: "Ué, cadê o seu piercing, você perdeu?", e você vai ter que responder: "Não, acho que tá aqui ainda, tô sentindo ele".

Madame Zaroia, meu namorado só quer saber de futebol. Durante a semana é futebol com os amigos, fim de semana é futebol no estádio e depois na televisão. O que eu faço para ele prestar mais atenção em mim?
Alexandra Pata, 19 anos

Pata, se ele gosta tanto assim de futebol e não dá bola para você, você vai ter que apelar para uma jogada mais forte. Espere sem roupa pelo seu namorado atrás da porta. Assim que ele entrar, você se joga nele e grita: "Olha aqui, ó, não é de pelada que você gosta?". Se ele falar que está sem condição de jogo, entre de carrinho e leve-o pra maca. Se nem no banco de reservas rolar, aí desista, minha filha, porque tá na hora de substituir esse bola murcha por um matador.

Ultimamente não estou ficando, nem namorando e muito menos pegando. Me ajuda, Madame Zaroia!!!
Maria Cebola, 38 anos

Calma, vamos por partes: eu conheço um monte de gente que reclama que não ganha na loteria, mas também nunca joga. Assim é querer milagre demais. Você sai nas noites de sábado para ver e ser vista? Vai na balada? Barzinho, cinema com a galera, rolê nos shoppings? É, porque senão também não adianta, tá achando que um príncipe bonitão vai chegar em uma BMW e tocar a campainha da sua casa? Tá achando que o Brad Pitt vai descer pela chaminé da sua casa? Sinto muito, mas esse aí é o Papai Noel, minha filha...

Quer enviar uma pergunta para Madame Zaroia?
Escreva para **madamezaroia@yahoo.com.br** que em breve ela responde para você no blog dos Irmãos Bacalhau: **www.irmaosbacalhau.com.br**.
Sua pergunta também pode ser selecionada para ser publicada no nosso próximo livro.

Capítulo 8

Teoria do mundo politicamente correto

Depois de ouvir muitas perguntas do tipo:
Por que 100% negro é engajamento e 100% branco é racismo?
Por que jogo do bicho é contravenção e loteria federal é legal?
Por que fumar maconha é crime e beber álcool é legal?
Por que falar que uma mulher é um filé é elogio e falar que ela é uma vaca é ofensa?
Resolvemos estudar o politicamente correto mais a fundo. Calma, não fomos tão a fundo assim, afinal, responder a essas perguntas é coisa que foge da capacidade intelectual de qualquer ser normal. Nós decidimos apenas buscar uma forma de entender o politicamente correto e descobrimos algumas coisas interessantes.
Por exemplo: o filme *Velozes e Furiosos* estimula o abuso de velocidade, os rachas, a canalização das frustrações pessoais para a autodestruição (ou seria destruição do auto?), então vamos propor o filme *Vagarosos e Desestressados* e outras versões para filmes politicamente corretos.

Vagarosos e Desestressados

– Pô, cara, turbinei a máquina, tá a fim de um racha?

– Sei não, cara. Racha, pra mim, só a das minas.

– Claro, mano, tô ligado. Mas é dentro do limite de 80 km/h. Cê acha que iria me arriscar a levar uma multa?

– Ó, o motoqueiro levou meu retrovisor. Poxa, será que ele não se machucou?

– Espero que nada tenha acontecido com a moto dele.

– Olha, umas garotas simpáticas vindo para cá.

– São bonitas, não?

– Olá, lindo dia, não é mesmo? Eu e meu amigo vamos tirar um racha dentro da legalidade. Gostariam de vir conosco?

– Olha, eu achei você bonitinho, mas papai falou para não aceitar carona de estranhos.

– Não seja por isso, vou me apresentar ao seu pai e pedir para que ele me deixe levá-la. Prometo que antes das 10 eu a deixo em casa.

– Ok, eu vou no seu carro.

Algum tempo depois:

– Uau! Que fantástico. Você conseguiu atingir a velocidade de 5 km/h.

– É, tô craque nesses congestionamentos.

O Clube da Luta sem violência

– Ei, cara, que tatuagem nova é essa aí no seu braço?

– Gostou? Fiz ontem, em homenagem à paz. Tem uma pombinha e está escrito "Sou do exército da paz".

– Puxa, que maneiro. Eu estava pensando em fazer uma escrito "Violência não leva a nada", mas fiquei com medo da reação do pessoal lá do clube da luta.

– Fica tranqüilo, as coisas por lá mudaram. Agora a gente se encontra para jogar tranca e pif-paf. Violência já era, é coisa de babaca.

– É isso aí, mano. Precisa ser muito macho pra viver na paz.

– Uhu! É isso aí, agora deixa eu ir andando que eu preciso levar o Brutus no pet shop.

– Brutus é o seu pitbull?

– Não, cara, aquele pitbull eu doei para o canil, o Brutus é o meu poodle toy.

O carinhoso massacre da serra elétrica

Criativa história de terror (ou terror de história) na qual, em um dia de forte tempestade, acaba a gasolina do carro de um grupo de jovens. A história se passa em um misterioso matadouro, mas para a sorte dos jovens a serra elétrica precisa de uma tomada para funcionar, o que é muito difícil, pois nesses filmes de terror só chove e acaba a luz. O assassino tem a opção da serra motorizada, mas se nem no carro tem gasolina... Abatido com a situação, o assassino recebe o apoio dos jovens, e, comovido pelo carinho recebido, resolve nunca mais agredir ninguém. Depois que a tempestade passa, ele coloca o terreno do matadouro à venda, usa o dinheiro para fazer uns cursos de aperfeiçoamento e atualmente vive nas feirinhas vendendo artesanato em troncos de madeira esculpidos com a serra.

O brinquedo assassino foi fazer recall

Um cereal killer é industrializado em uma multinacional de alimentos. Antes de ser embalado, porém, ele transfere sua alma para um boneco, o Tchutchuky. Um menino ganha justamente esse boneco da sua mãe. O menino tenta avisar que o boneco está vivo, mas a sua mãe e um detetive da polícia não acreditam nele, até que o brinquedo começa a fazer várias vítimas. Mas o boneco quer mesmo é o garoto, que manda o brinquedo para o recall e ele nunca mais faz mal a ninguém.

Isto é, nunca mais faz mal a ninguém até a parte 2, quando o fabricante de brinquedos consegue voltar a fabricar o boneco através de forte lobby em Brasília. (Tudo bem, eu sei que estamos tentando fazer versões politicamente corretas, mas sabe como é, né, o lobby em Brasília é foda!)

Assassinato no Orient Express

A história se passa no restaurante delivery Orient Express, onde o chef Ékure Poy Roty tenta descobrir quem matou o seu frango de estimação para fazer um frango xadrez.

– Você, suspeito!

– No, no, eu vegetariano...

– Então, você suspeito!

– No, seu Poy Roty, eu estava fazendo arroz shop suey naquela hora.

– Então, você suspeito!

– No, eu estava fritando rolinho primavera, Poy Roty.

– Quem mais estava na cozinha?

– Xingo Mao...

– Xingo Mao! Era você que estava fazendo o frango xadrez?
– É, seu Poy Roty, naquela hora estava com frango.
– Naquela hora estava com frango? E agora?
– Agora tofu.

Capítulo 9

Cinema 2 em 1

Você já economiza luz, já economiza água, economiza gasolina. Então, qual o problema em economizar filmes para uma atitude sustentável? Por isso, pensamos em como contar duas histórias de uma só vez para economizar seu tempo.

Moby Dick Tracy

A policial baleia bota a mão rapidinho na pistola de qualquer bandido, dando a eles uma rápida batida policial. É uma mulher de peito, bunda e medidas de segurança avantajadas. Seu maior medo na vida é ser uma encalhada.

Tubarão no Aeroporto

Durante a temporada de férias um tubarão aparece no aeroporto. O que poderia ser um problema acaba virando uma solução, pois, com medo do tubarão, as pessoas evitam o aeroporto e assim acabam as filas e o caos aéreo.

Matrix, Asterix e Obelix

Estamos no ano de 2220 d.C. Todos os programas de TV foram ocupados pelas loiras de tintura e inteligência artificiais. Todos? Não. Um programa povoado por irredutíveis morenas de peitos e bundas de silicone ainda resiste. Elas são comandadas por Morfétiqueus, uma baranga que costuma apresentar fotos de mulheres loiras e pergunta: “O que é real? O que é tintura?”.

Alien, o Oitavo Passageiro da Agonia

Depois de fazer sucesso em Hollywood, Alien tenta imitar Arnold Schwarzenegger e fazer carreira política, mas acaba não convencendo o eleitorado porque as pessoas acham que Alien já está velho demais, babando além da conta. Inconformado, ele se muda para o Brasil, na esperança de comer alguma brasileira chegada num estrangeiro. Seus planos vão por água abaixo depois de entrar num ônibus lotado e ter sua grana e seus documentos surrupiados. Sem ter como pagar a passagem, Alien é espancado pelo motorista, pelo cobrador e por outros passageiros.

Um lugar chamado Notting Hill 40 Graus

Obra menor do cineasta anão Nelson Ned Pereira dos Santos, mostra a chegada de uma artista famosa à livraria de um Zé Mané francês. Eles acabam se apaixonando e mudando para a cidade do Rio de Janeiro, onde as altas temperaturas e o costume de não tomar banho do francês acabam com o relacionamento.

Arquivo X-Men

Um casal de detetives investiga um estranho fenômeno. Em uma lanchonete, há diversos sanduíches com nomes bizarros, como X-Burg, X-Filé de Frango, X-Maionéz e X-Çalada. Todos os que comem um desses sanduíches passam a apresentar mutações em seus sistemas intestinais, acabando por representar uma terrível ameaça à humanidade.

Amadeus e o Diabo na Terra do Sol

O músico Zeca Pacotinho de Dinheiro é contratado para compor uma ópera para uma marca de cerveja. Mas Pacotinho causa inveja aos outros compositores, que também querem beber da mesma fonte. Pacotinho é encontrado morto, e esse dia vira feriado nacional, conhecido como Zeca-Veira.

O Rei e Eu Robô

Uma professora é contratada para ir até um país distante, ensinar português aos filhos do rei Roberto Karloff. Ela começa ensinando conjugação de verbo, até que todos aprendem que o correto não é "O Rei e Eu Robô", mas sim "O Rei e Eu Robamos".

Armageddon Juan DeMarco

Um astrônomo descobre que um asteróide gigante está para destruir a Terra. Desesperado, ele corre para comer todas as mulheres que conseguir.

South Parque dos Dinossauros

O filme é uma crítica ao modo de vida da sociedade norte-americana. Um bando de dinossauros do rock choca as pessoas por não beber, não fumar, não consumir drogas, não comer fãs e não falar palavrão em nenhum momento.

O Bebê de Rosemary Poppins

Rosemary Poppins casa-se com um banqueiro e tem um filho que é um capeta. O moleque coloca o gato no microondas, peida na frente das visitas e cospe do décimo andar nas pessoas que passam na rua. Sem saco para trocar fraldas, sem tempo para ir à manicure e sair com as amigas, Rosemary contrata uma babá evangélica, que tenta converter o bebê. Ao chegar em casa e ver o bebê assistindo TV no canal da Bispa Sônia, Rosemary Poppins enfia o guarda-chuva na cabeça da babá.

Corra, Lola, Corra que a Polícia vem aí

Lola é uma batedora de carteiras, que aproveita sua incrível velocidade para fugir da polícia. Descoberta por um treinador, Lola participa das Olimpíadas, mas está sendo procurada, depois de roubar todas as medalhas de ouro da competição.

Sete Anos no Tibete Balanço

Bete Balanço, interpretada pela famosa musa da internet Débora Blog, é uma alpinista social que tenta vencer no mundo do sexo, drogas e rock 'n' roll. Depois de conhecer o líder espiritual dos bebuns, o Dalai Brahma, a vida de Bete muda. Ela acorda certo dia de ressaca, sem se lembrar do que fez na noite passada, sem condições de se sentar, e passa a escalar as mais altas montanhas para levar sua mensagem de paz e lança o famoso poema "Uma Rosa no Cume Nasceu".

A Vida é Bela e a Fera

Um italiano pentelho é preso com o filho em um campo de concentração nazista. Ele tenta de todas as maneiras mostrar para o filho que está tudo bem, mas ele é tão chato que o filho acaba ficando uma fera com o pai.

Branca de Neve do Kilimanjaro

Branca de Neve tenta escalar o Kilimanjaro com a ajuda dos sete anões, mas a aventura não chega ao fim porque o Atchim não pára de espirrar e o Dengoso fica com muita viadagem.

Meu Nome não é Johnny, meu Nome é Bond, James Bond

Conta a história de jovem carioca de classe média que, de tanto puxar fumo, começou a ter alucinações e achar que era um agente secreto.

Apollo 13 Homens e um Novo Segredo

A trupe se reúne novamente para se vingar de um traidor e mandar o seu luxuoso cassino para o espaço.

O Signo da Cidade de Deus

Astróloga que tem programa de rádio tenta resolver os problemas do Zé Pequeno, enquanto tudo é registrado pela câmera de Buscapé, o garoto pobre que queria ser fotógrafo, mas acabou ficando rico com um site de busca de ofertas.

Capítulo 10

Quem mexeu no meu cofrinho?

Os conselhos dos Irmãos Bacalhau pra você investir seu rico dinheirinho.

Gastou mais do que devia e deixou a poupança a descoberto? Não resistiu à promoção e investiu a mesada numa calça de cintura baixa? Então, cuidado, porque, como dizia a minha avó, é nessas horas que o cofrinho aparece.

Fique atenta e proteja dos especuladores os seus fundos.

A atual conjuntura econômica é ótima para investir em ações. Podem ser ações do tipo convidar o amigo do trabalho para um *happy hour* ou aquele outro da academia para um cineminha. Mas vá com cautela, porque você vai ver que o mercado nessa hora pode ser muito volátil. Mantenha o dinheiro na bolsa. Ou na carteira, na gaveta. No máximo, aceite rachar a conta. Importante lembrar que investir em ação é algo sem lógica: quando você se anima e parece que a coisa vai começar a subir, a coisa desanda, começa a descer e não tem jeito de subir de novo. Nem botando a boca no trombone. Aí é aquele desespero para tentar salvar a noite, digo, o investimento. Tudo bem, o gerente do seu banco vai vir com aquele papo de que isso nunca aconteceu antes. Nesse momento, o negócio é relaxar e diversificar as aplicações: se eu fosse você, investiria agora numa barra de chocolate.

Outras mulheres, porém, preferem investir em imóveis. O imóvel mais visado pelas mulheres é o homem. Explica-se. Case com um, e quando chegar o domingo à tarde, você vai ver que ele não se mexe pra nada, enquanto rola o futebol na TV. Um imóvel completo. Deveria até pagar IPTU. Nesse tipo de investimento, tome cuidado. Os imóveis mais velhos costumam apresentar problemas no encanamento, já que estão enferrujados, com pouco uso e um pinga-pinga constante. E quase nenhum tem mais telhado. Imóveis mais novos estão mais dispostos a receber novas moradoras, mas é fácil você receber uma ação de despejo por conta de alguma vizinha mais assanhada.

Pela nossa experiência, o investimento que mais tem atraído as mulheres recentemente são as verdinhas. Não, o dólar não.

É que é um tal da mulherada só se alimentar de alface, para ficar com corpinho de Juliana Paes... Ou seja, ter uma bela bunda ainda rende muito mais.

Tire suas dúvidas sobre aposentadoria

Sua perereca já deu o que tinha que dar? Seu pingolim já deu um duro danado? Você nunca pegou nenhuma mulher e foi apenas um simples trabalhador braçal dentro do banheiro? Tire agora as suas dúvidas sobre aposentadoria.

O SUS fornece Viagra para quem está duro?
Não, o SUS só fornece Viagra para quem está mole.

Posso tirar a dentadura para fazer sexo oral no Adamastor?
Se a luz estiver apagada, pode. Quer dizer, depende. Tem certeza de que não vai estar lambendo o cotovelo dele?

Existe algum tipo de laxante para fazer minha aposentadoria sair mais depressa?
Ih, isso não tem laxante que resolva. O negócio é tão burocrático que o senhor vai precisar de muito mamão. Uma mão aqui, uma mão ali.

Quando eu entrar na quarta idade vou perder os descontos que tenho como pessoa da terceira?

Depois da terceira idade, vem a debilidade. Se você começar a falar umas coisas sem nexo, pode ter certeza de que a gente dá um desconto.

Quero vender o Fusca da minha sogra, que está com 320.000 km rodados (o carro, não a sogra). Quero usar o dinheiro para complementar a minha renda. Isso vai dar certo?

De maneira alguma. Pelas informações que você nos passa, as conclusões são de que o Fusca da sogra não serve pra mais nada, uma vez que a velha não troca o óleo há muito tempo.

Meu pau não levanta nem com remédio. Ele pode ser aposentado por invalidez? Tem carência?

É invalidez na certa. Tome cuidado, agora, com a língua e os dedos. Quanto à carência, você é quem pode afirmar. A gente acha que você está carente demais.

Estou com 102 anos e tenho medo que o meu marido me troque por duas de 51. Será que eu devo fazer uma plástica?

Esqueça a plástica. Acho que ele só troca você por duas de 51 se ele for alcoólatra.

Depois que o Juvenal passou a receber remédios contra impotência ele não me deixa mais dormir. Existe alguma plástica que eu possa fazer para tirar esse sorriso besta do meu rosto?

Não precisa, a não ser que a senhora esteja com medo de fazer propaganda da performance do Juvenal.

Capítulo 11

Verdades e mitos sobre o sexo masculino

Assuntos sobre os quais as mulheres vivem ficando com a pulga atrás da orelha. Aliás, minha amiga, é melhor procurar um médico urgente, porque sua orelha está inchada pra cacete.

O tamanho do pé está relacionado ao tamanho do pênis?

Verdade. A gente, por exemplo, calça 45, em estado de repouso. Mas os homens sabem que as mulheres observam demais os pés masculinos. Por isso, passaram a comprar sapatos com numeração maior, a fim de impressionar. Com essa história a gente já viu muito palhaço se dando bem por causa do sapato e um monte de menininha fugindo com o circo antes de ver a coisa armada. Para não ser enganada, pare de observar esse detalhe. Passe a mão delicadamente, com muito carinho, no... extrato bancário. Até porque a conta bancária dele, se for grande, essa, sim, pode lhe dar um prazer incomensurável.

Orgasmo e ejaculação, para o homem, são coisas diferentes?

Verdade. Ejaculação é aquele momento mágico e intenso, aquele clímax da relação sexual, resultado da intensa excitação do órgão masculino. Orgasmo é a hora do gol do time dele.

Homem não gosta de discutir a relação?

Mito. Todo homem discute a relação com uma mulher. As mulheres é que nunca se apercebem disso. Logicamente, a discussão para o homem se dá em outro nível. Por exemplo: quando acaba a transa e o cara pergunta "Foi bom pra você?", ele está discutindo a relação. Basta que a mulher diga "sim" ou "nunca senti tanto prazer na vida". Nem pense em dizer outra coisa. Já está tudo discutido e entendido.

Todo homem pula a cerca?

Mito. Nem todo homem é infiel. Existem aqueles que, depois de se apaixonarem por uma mulher, não a trocam por nenhuma outra paixão, por nenhuma outra oportunidade de sexo fácil com alguma vagabunda. A gente pode até citar alguns bons exemplos. Tem o... ahn... aquele cara lá, o... espera aí... enfim, deixa pra lá.

Os homens ficam excitados dormindo porque estão sonhando com a vizinha?

Mito, mito, completo mito! Como você pode pensar isso do seu marido? O que provoca essa excitação involuntária é a pressão da bexiga. Quando o safado se anima com a vizinha ele está bem acordado.

Os carecas têm mais testosterona e por isso são mais potentes?
Mito. Na verdade o que os carecas têm mais é testa grande. E se careca fosse sinal de potência, nosso Fusquinha que está com os quatro pneus carecas bateria qualquer Ferrari.

O excesso de álcool atrapalha o desempenho sexual do homem?
Verdade. Se em pequena quantidade o álcool desinibe tanto o homem quanto a mulher, em grande quantidade o álcool faz com que o homem mal consiga segurar certas coisas para introduzir em determinados orifícios (e olha que estamos falando só da introdução da chave na fechadura, imagine quando ele conseguir chegar até a cama).

Todo homem gosta de dormir depois da relação sexual?
Mito. Existem muitos homens que não dormem depois da relação. Os que não dormem são os que imediatamente tomam banho, vestem a roupa e vão embora para casa, muitas vezes sem dar nem ao menos um beijinho.

Homem liga pra celulite, estria, flacidez e gordura localizada?
Essa é uma pergunta que fica martelando a cabeça das mulheres dos 12 aos 80 anos. Vai ver que é por isso que mulher tem tanta dor de cabeça na hora em que o homem pergunta se vai rolar um sexo.

Ora, ora, é claro que homem não liga pra celulite. Homem não liga pra nada, não liga nem pra você no dia seguinte, quanto mais ligar para a celulite. Quem liga pra isso é mulher, revista de fofoca, programa feminino na TV e indústria de cosmético.

Homem liga para coisas mais importantes, que podem mudar o mundo, como por exemplo a colocação do time dele no campeonato, qual o próximo modelo de carro que vai chegar ao Brasil e se tem bastante cerveja na geladeira.

Homem não repara nem quando você corta o cabelo, vai reparar em estria? Homem não vê detalhes, vê conjunto. Por exemplo, se passarem duas ou três mulheres juntas, isso é belo conjunto de bundas, peitos e coxas. Aí o homem repara.

O problema é que não adianta nada caras como a gente dizerem isso pra vocês, mulheres. Mulher não tá nem aí pra esse assunto. Se a gente pedir pra vocês deixarem isso de lado, vocês param de ler nossos livros, e aí a gente deixa de faturar uma grana que as nossas mulheres usam para fazer lipoaspiração.

Portanto, aqui vão os conselhos dos Irmãos Bacalhau para você disfarçar esses demônios que atormentam a sua vida:

– Celulite: aproveite que você sempre quis fazer uma tatuagem e mande desenhar duas belas laranjas, uma em cada nádega. O desenho pode até não ficar bonito, mas que a textura vai ficar realista, ah, isso vai!

– Estria: se você tem vergonha de ir à praia por causa dela, a solução é pintar o cabelo de verde-claro. A estria não vai sair do lugar, mas pelo menos ninguém vai reparar nela, concorda?

– Gordura localizada: geralmente ela está localizada no corpo inteiro, certo? Vai fazer o quê, então?

– Flacidez: pense que gelatina é mole mas tem muita gente que come.

Capítulo 12

Onde é o altar mais próximo?

Dizem que todo homem deve fazer três coisas na vida: plantar uma árvore, ter um filho e escrever um livro.

Se fôssemos aplicar essas mesmas três regras às mulheres, diríamos que toda mulher quer na vida:

1. Se casar e...
2. Se casar

Está faltando a terceira?

A terceira poderia ser ter um filho ou se realizar profissionalmente, mas é claro que para ter um filho você vai querer se casar antes. E para se realizar profissionalmente, ser uma mulher bem-sucedida, você vai querer se casar, pra ter um marido que dê aquele apoio moral. Afinal, vida de mulher bem-sucedida na profissão não é fácil.

Realmente, chega uma hora que não dá pra disfarçar. A mulherada fica naquela ânsia de querer arranjar marido, que não tem jeito. É pressão da família, é irmão olhando torto, é comentário em visita à casa das tias. É aquela fase que a gente chama de TPN, Tensão Preciso de um Noivo. Bate aquele desespero maior do que naqueles dez minutos antes da abertura da liquidação anual da sua loja de roupas preferida. Nessa hora, vale tudo.

É pra casar que você está sempre tentando perder dois quilos (ok, três. Tá bom... quatro, vai. Cinco? Fechado: seis quilos e não se fala mais nisso). É pra casar que você testa todos os tipos de alisamento no cabelo. É pra casar que você vai pra cama no primeiro encontro e fica esperando a ligação e as flores no dia seguinte. É pra casar que você arruma um cachorrinho, só pra passear e ver se algum desavisado pergunta: "E aí, o cachorrinho tem telefone?". É pra casar que você gasta a maior grana no shopping, comprando as roupas mais bonitas, as maquiagens mais poderosas, as sandálias mais altas, os perfumes mais sedutores, a fim de vencer a concorrência. É pra casar que você faz tudo isso e muito mais.

Como a gente quer ver a sua felicidade, bolamos aqui este teste rápido para medir a sua ansiedade em relação ao casamento.

1. A frase mais bonita do mundo é:

a) "O verdadeiro amor nunca se desgasta. Quanto mais se dá, mais se tem" (Saint-Exupéry).
b) "Tudo o que sabemos do amor, é que o amor é tudo que existe" (Emily Dickinson).
c) "E eu os declaro marido e mulher" (padre da igreja).

2. "Fazer uma aliança" é:

a) Estabelecer um acordo estratégico com uma empresa.
b) Estabelecer um acordo com outro país, numa guerra.
c) Confeccionar o seu anel de noivado.

3. Quando uma criança chama você de tia, você:

a) Responde com um sorriso.
b) Responde pegando-a no colo.
c) Lança um olhar fulminante e disfarçadamente dá um puxão na orelha da infeliz.

Viu? Você só marcou letra C. Pensando nesse mercado do desespero, um amigo nosso está querendo abrir uma empresa de casamentos. Não, não é um agente de encontros, essas coisas. Ele seria um casador profissional. Você paga uma taxa e se casa com um noivo laranja. No dia seguinte, vocês assinam o divórcio. Mas com isso você pode espalhar que já foi casada e se separou, o que também vale muito no boca a boca feminino:

– Eu não estou namorando ninguém atualmente, mas já fui casada.

– Uau, sério?

– Sim, durou só um dia, descobri que o sem-vergonha ainda estava apaixonado pela ex-mulher, de quem tinha se separado fazia pouco tempo.

Como por esse sistema de casamento fajuto, você vai ter direito a uma foto vestida de noiva, ao lado do noivo, nesse instante dá até pra mostrar a foto do cara e rolar um lance de sorte como este:

– Ei, mas espera aí, eu também me casei com esse rapaz.

– Ah, então você é a tal ex-mulher? Vagabunda!

Capítulo 13

Seção Celebridade

Depois que vocês viraram escritores famosos, já comeram muitas mulheres? As mulheres de vocês sabem disso?

Efa sua pergunta é difífil de responder. Afinal, homem não costuma contar para a mulher quantas mulheres já pegou. Mas como temos um compromifo de orientar nofos leitores, vamos lá.

Antes de qualquer coisa, temos que lembrar: é mentira efa história de que ficamos o tempo todo penfando em pegar alguma mulher. Hoje mesmo, das 16h às 16h45 e, depois, das 17h às 17h45, enquanto rolou a transmifão do futebol na TV, nenhum de nós pensou nifo.

Para falar de quantas mulheres nós já pegamos, é bom lembrar de um trecho daquela múfica “Monalisa”, do Jorge Verfilo, quando ele diz: “Não fe ofenda com meus amores de antes/Todos tornaram-se pontes/Pra que eu chegafe a você”.

O que as mulheres não entendem é que existem homens que fizeram só pequenas pontes fobre laguinhos de jardim de restaurante japonês. E homens, como nós, que fizeram obras maiores, como uma ponte Rio–Niterói.

É importante ressaltar que se a gente pergunta para uma mulher com quantos ela já transou, quase todas juram de pés juntos que os amores delas cabem nos dedos das mãos. De uma das mãos. Os homens também têm o direito de não querer parefer mais galinhas do que já fão. Ainda mais nós, que temos o nome de Irmãos Bacalhau. Se a gente fofe os Irmãos Galinha, o respeito ia fer bem menor.

Enfim, mas alguém prefisa ser macho de verdade e falar abertamente sobre os cafos que já teve. E efa tarefa coube a nós.

Qual o problema? O pafado não nos condena. E iria condenar a gente por quê? Porque um de nós catou finco mulheres numa vez, numa noite só? Porque um de nós pegou a amiga da ex-cunhada, quando a ex-mulher foi viajar aquela vez para a França? Porque um de nós pegou todas as colegas de sala da faculdade? Ou porque um de nós já teve quatro amantes ao mesmo tempo? Isso faz de nós caras piores? A gente continua fendo gente. Tem que lembrar do que diz a música: os amores foram pontes, certo? É claro que a gente olha pra ponte, não tem trânsito nenhum, dá vontade de ir e voltar rapidinho pra qualquer lugar. Mas depois de casado, de estar namorando legal, de ter algum compromifo fério com alguém, a gente acha melhor sofegar, ficar admirando a obra que construiu ao longo do tempo. Ifo é o que vale. O que pafou, pafou.

Agora, facanagem são as nofas mulheres entrarem no escritório, verem a gente escrevendo efe capítulo do livro no computador, ficarem indignadas com efas revelafões e enfiar a mão na nofa cara, quebrando os nofos dentes. Tá vendo? É por ifo que homem nenhum conta efas coifas. Para arrumar confusão à toa? Olha aí como a gente tá falando agora, sem os dentes da frente.

Pior do que isso foi a gente ainda ter que ouvir:

– E não me venha mais com esse papo de ponte! Por que você não veio nadando?

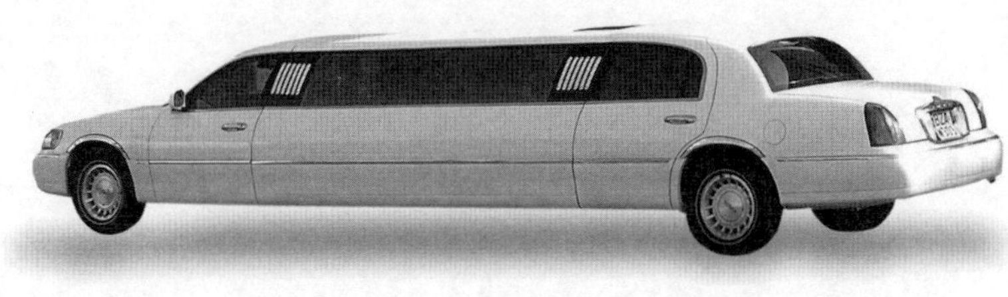

Capítulo 14

Guia de compras dos Irmãos Bacalhau

Hello Kit Pariu

Uma gatinha muito sem-vergonha, que está provocando a ira de muitas mães, porque ensina as crianças a falar palavrões. Depois de virar uma marca consagrada e ser licenciada em vários países, Hello Kit Pariu agora pode ser encontrada em cadernos, canetas e baralhos pornôs.

Playboy Station

Um divertido videogame sexual. A sua namorada pega no seu joystick, enquanto você tenta demorar para chegar à fase final. Vem com um memory card – um cartão de memória – para evitar que você troque o nome dela.

Fogão de quatro e seis boquetes

O jeito mais fácil de esquentar a relação. A sua comida sai quentinha. E se acabar o seu gás, você pode usar o do botijão.

Patins com tomara-que-caia

Perfeito para presentear alguma mulher que te sacaneou. Ela vai se sentir sexy com a roupa, e com isso não vai prestar atenção no percurso.

Web Cancan

Uma câmera que fica o tempo todo ligada num cancan parisiense, mostrando animadas artistas famosas chegando lá, saindo de seus carros sem suas calcinhas.

Pente de memória

O equipamento perfeito para você se lembrar dos áureos tempos em que tinha cabelo. Você passa o pente na careca e imediatamente as recordações vêm à mente.

iFode

É um vibrador que você encaixa no orifício (que nesse caso não é a orelha) e fica com o controle remoto para ligar e controlar a velocidade no lugar em que você estiver.

Bonequinhas Poli Dancing

Bonecas de encaixar que ficam dançando, rodando e fazendo posições insinuantes num poste. E, por virem com ímã, não podem ver um ferro que já pulam grudando.

Notebookete

Está na seca? Sua namorada foi viajar? Não se preocupe, é só colocar o notebookete no colo que ele faz uma conexão completa para você.

Cama com microondas

Ideal para descongelar mulheres frígidas ou só para dar uma esquentada na sua relação. Tem também a versão com tostador, para quem já quer sair bronzeada da cama.

Pen drive-in

O presente ideal para quem não quer correr o risco de ficar andando com um vibrador na bolsa. Pen drive-in é discreto e você pode levar para enfiar em qualquer lugar: em casa, no trabalho, no trânsito.

Homem Theater

As mulheres que não querem compromisso, mas não abrem mão de sexo de alta definição, agora têm Homem Theater. É só ligar o equipamento na sua TV para sentir toda a potência vindo pela frente, vindo por trás, vindo por todos os lados.

Vizinha com bluetooth

A conexão sem fio com a sua vizinha permite que você transe com ela sem correr o risco dela fazer um fio-terra em você.

Mousepad pra sair

Um mouse para aqueles que estão de saco cheio de trabalhar no computador. Uma vez que você encosta a mão nele, o equipamento detecta o seu grau de impaciência e começa a gritar com você: "Pede pra sair!". Aí, basta você se dirigir ao seu chefe.

Celular com Câmara dos Deputados

Já vem com zoom digital de 80 Megapixels, para ficar de olho na verba que vai ser aprovada para alguma emenda. Memória: dependendo do escândalo, a memória vai embora rapidinho, para o deputado não se lembrar de nenhum fato comprometedor. Envio automático de propina para conta no exterior. Calculadora de comissão (modos 10% e 15%).

Refrigerador Frost Frígida

Localiza mulheres frígidas e mantém você longe delas.

Telefone sem fio da puta

Além de poder levar o telefone para qualquer lugar da zona, a prostituta agora conta com um aparelho que tem compartimento para guardar pílulas e camisinhas para evitar o nascimento do fio indesejável.

Capítulo 15

Os livros que não podem faltar no seu banheiro

Ô, Bispo!

A história de um homem que amealhou uma fortuna entre os peões, montou uma TV e escreveu suas memórias como jogador de xadrez, imortalizando a jogada do bispo comendo a rainha às escondidas do rei.

Kâmara Sutra

O livro que ensina a você as posições corretas para assumir a Cama dos Deputados. As mais famosas são:

– O 62,1, que é, nada mais, nada menos, que o famoso 69 sem os 10%, embolsados durante a mamata nas tetas do governo.

– O papai-mamãe-filhinho, um clássico do nepotismo e do indecoro parlamentar.

– O carrinho superfaturado de mão, que envolve uma transação de obras por baixo do pano.

CHICo. Etiqueta sexual na menstruação.

Nesse livro, escrito por Glorinha Kaiu de Boca, a mulher entenderá como fazer como as grandes empresas que trabalham tendo prejuízo, ou seja, como operar no vermelho.

O capítulo Menstruação Atrasada mostra que esse atraso é como dever dinheiro para o banco. Você paga juros de 1,5 kg ao mês, em média, durante nove meses, que é quando o bebê nasce.

Glorinha também mostra que seu cantor preferido é Chico Buarque. E que, em sua opinião, a declaração de amor mais romântica que já ouviu até hoje foi a do Príncipe Charles, ao dizer que queria ser o Tampax de Camila Parker.

Aprendendo com o sexo

Coleção de livros didáticos para fazer a galera que nunca gostou de estudar querer aulas de reposição.

• Matemática

Manual do orgasmo múltiplo de 3

Bacanal com os números primos

Quando o resultado dá 69

Transando com a hipotenusa

Os ângulos de introdução

Análise de probabilidade de ela dar para você

Como elevar seu cateto à terceira potência

Tangenciando o perímetro dela

Decimais: colocando a mão na cintura dela, e ela pedindo para descer

Fração ordinária: como se segurar mais um pouquinho

Como tirar o cateto da bissetriz sem afetar a hipotenusa

• Português

Quem é o sujeito que anda comendo aquela gostosa?

Mulheres cheias de predicados

Descrição de modelo nua

Oração: Deus, faz ela dar pra mim!

Rompendo o hífen: sou virgem nesse assunto de separação de palavras, e daí?

Depois do aumentativo, vem o diminutivo. Descanse e se prepare para dar outra.

Trema no U: eu vou abrir o meu zíper.

Botando sem dor uma crase no seu acento.

Posso apalpar o seu acento?

Quem é o til da sua mãe?

A incrível história das sílabas separadas no nascimento.

Ela não concordou em dar para mim. Isso é erro de concordância?

• Inglês

Oh yes, oh yes, oh yes

The Playboy is on the table

Open the backdoor

• História

O descobrimento das índias peladonas

Conquistando uma espanhola

A invasão da Chechênia

Cossaco cheio

Alexandre, o Grande: 30 cm de conquistas

• Geografia

O mar é casado, mas não está Morto

A bacia do Orinoco nas calças

Quero ver Cuba lançar

México lindo

Eu tô puto, Maputo ainda está a capital de Moçambique

O Canadá pra todo mundo, menos pra mim

Se as moças do Sudão, as do norte fazem a mesma coisa?

Aprenda a localizar o Peru

Posições estratégicas

Os países baixos

As piranhas do Mato Grosso

Localizando o buraco negro

• <u>Ciências</u>

Dois corpos não ocupam o mesmo lugar na cama

Teoria da relatividade: quanto mais você rela na moça, mais a coisa sobe

Estática: quem não se mexe não descola uma transa

Acústica: como não escutar os sons dos seus vizinhos transando

Introdução no escurinho da cinemática

Atingindo o orgasmo com o movimento uniformemente variado

Estudo do empuxo na hidromassagem do motel

Dilatação volumétrica sem Viagra

Química sexual

Aparelho reprodutor explícito

Atritando até sair faísca
Molécula: aquela menínula safádula quer fazer séxulo
Botânica a boca onde não deve
Tabelinha periódica para não engravidar do elemento

Capítulo 16

DVD não nego, pago quando puder

Os filmes que você precisa incluir na sua formação de cinema e de séries de TV.

Robotox – o político do futuro

Neste filme, uma ex-prefeita de uma grande cidade brasileira é trucidada pela torcida de um grande clube de futebol que está em crise. Após a queda da equipe para a segunda divisão, a ex-prefeita deu uma entrevista, na qual soltou a frase "Rebaixa e goza". Chorando por todos os cantos, por causa da declaração infeliz, ela passa a acumular rugas e mais rugas. É quando entra em ação um médico espertalhão, que usa injeções e mais injeções de Botox para transformá-la em um robô, o Robotox, um autômato cheio de energia, mas sem nenhuma expressão. O sucesso do filme gerou três continuações e uma música do conjunto Mamonas com Silicone Assassinas – o sucesso *Robotox Gay*.

E o Vento Levou... e Gostou!

Uma mulher sofrendo com o aquecimento global na bacurinha e alta taxa de umidade na região da Chechênia decide apagar o fogo se oferecendo para El Niño. O sujeito não está nem aí para ela. Ele só quer que o vento alíseo com a língua. Amargurada, ela pergunta a ele:

– Você gosta de Danoniño?

– Não – responde ele. – Só gosto de dar na cama.

Guerra das Estrelas

Lule Skywalker entra para a ordem dos cavaleiros Jedando que se Recebe. Lule decide ouvir Pink Floyd e trocar o lado vermelho pelo lado negro (Dark Side of the Moon). Perguntaram então a Lule:

– Sabre de luz?

– Eu nunca soubre de nada. Que a Força Sindical esteja com você.

Disque MM para Matar

Nesta fita do diretor Alfred Reetbok um serial killer pede pastilhas de chocolate envenenadas pelo serviço de delivery. O grande vencedor do Emmy Emmy Awards.

Tetanic

A incrível saga do navio enferrujado que bate num *iceberg*, causando a morte de centenas de pessoas por tétano. Oscar de pior direção para o timoneiro da embarcação.

300... Picaretas

Épico rodado em Brasília conta a história da premonição do rei Luis Inácio Leônidas da Silva sobre a batalha de Termopilar o Fígado, quando ele previu que 300 picaretas com anel de doutor iriam dominar o Congresso.

High Skol Musical

Um grupo de estudantes universitários enche a cara e começa a cantar e a fazer de tudo. Até que, no dia seguinte, um rapaz com fama de macho percebe que não consegue se sentar e diz: "School de bêbado não tem dono".

Tropa de Celite

Após um jantar nababesco, em que são servidos feijoada, ovo cozido, repolho e pé-de-moleque, um grupo de trinta pessoas precisa dividir um banheiro para mulheres e outro para homens, na hora em que o número 2 pede para sair ao mesmo tempo de todos os convidados. Os participantes se revezaram no trono de melhor ator. Oscar de melhor figurino borrado.

Tropa Ecológica de Elite

Neste filme, procura-se conscientizar as pessoas, mostrando-se que esse negócio de usar saco plástico para fazer tortura não está com nada. Já está provado que o plástico agride a natureza, leva muitos e muitos anos para se decompor. Portanto, o negócio é usar uma sacola de fibras naturais para cobrir a cabeça do vagabundo e fazê-lo confessar o que se precisa.

O Ex-terminador do Futuro

Um homem pensa em acabar na próxima semana com seu namoro de cinco anos. Porém, desiste da idéia.

O Motoboy Fantasma

Uma cidade está apavorada: espelhos retrovisores aparecem quebrados do nada. Os motoristas só ouvem a buzina e o barulho do retrovisor quebrando; e o motoboy fantasma, que vai passando em velocidade, só ouve "...o pariu... o pariu...o pariu".

Apocalypse Anal

Homem que acredita que o fim do mundo está próximo resolve encarar um monte de canhão. Porém, em vez de tomar um remédio contra a impotência, acaba tomando um poderoso laxante.

Heroe... de mim

Esta série mostra pessoas comuns que descobrem ter poderes especiais.

Uma das heroínas mais populares, a Mulher-Aranha, ao se sentir excitada, tem a grande habilidade de subir pelas paredes.

Outro herói, o Surfista Parafinado, tem o incrível dom de falar uma única expressão – "Só!".

O personagem chinês Longui Dongui percebe que é o homem-elástico e faz fortuna com uma clínica de aumento do tamanho do pênis.

Já o herói He Mangás possui a habilidade de causar prisão de ventre em si mesmo, liberando um terrível gás tóxico toda vez que diz as palavras mágicas "Eu faço a força!".

O personagem Tocha vira uma chama toda vez que fica de fogo. Seu ponto fraco é a memória, uma vez que não consegue explicar para a namorada por que de vez em quando aparece com a rosca queimada.

Zé da Silva tem um poder especial: o dom de voar. Porém, por ser pobre, só consegue fazer isso nas vezes em que explode o botijão de gás no barraco onde mora.

O Homem-Borracha até acha legal o dom que possui, porém, não no corpo todo, já que isso deixa certo órgão sem a firmeza necessária. Por conta de seus poderes, é também conhecido como Broxa Humana. Sua mulher, insatisfeita com o desempenho dele na cama, já foi vista com o Homem de Ferro.

Outra pessoa comum que descobre seu poder especial é uma ex-dançarina loira de Axé Music. Ela tem a capacidade do mimetismo, que, segundo ela, significa "mi meti em encrenca".

Homem de Gelo trabalha numa fábrica de geladeiras e tem o poder de transformar tudo em gelo. Seu ponto fraco é o uísque.

A personagem Gretchen Cadillac é uma atriz pornô que descobre suas incríveis habilidades de seduzir os homens e fazê-los dormir em seguida. Quando bate as asas e sai voando pela metrópole, as pessoas olham para cima e comentam:
– É um pássaro?
– É uma galinha?
– Não, é a Mulher-Perereca.

Outro herói muito famoso na série é a Bicha Elétrica. Um operário macho de uma empresa de distribuição de eletricidade se transforma numa mulher vingativa quando o perigo se faz presente. Essa habilidade que possui de operar tanto em 110 como em 220 faz do personagem um herói que é pau pra toda obra.

Mãe Dinahda mostra, em todos os episódios, que controla telepatia, a projeção de pensamentos, além de trazer a pessoa amada em três dias.

No episódio final, todos os personagens montam o conjunto musical Os Mutantes, interpretando o antigo sucesso "Metamorfose Ambulante", que ganha nova versão como "Metamorfose Camelô".

Capítulo 17

Beijing, Beijing, Tchau, Tchau

O guia da Olimpíada

Vai acompanhar a Olimpíada de perto? Não se perca na tradução. Nós preparamos um guia prático para você não perder nenhum lance e entender chinês, porque depois que passarem os jogos, você ainda vai poder aproveitar as nossas dicas para fazer compras por lá.

Arco e flecha – Bamu blin kady yindyo

Arremesso de disco – Ki cedê pocalia

Arremesso de peso – Jó gaa sogla fola

Atletismo – Kore kore

Beisebol – Poh lada nabo liynha

Basquetebol – Boh lana ces tya

Boxe – Poh hada nakala

Canoagem – Lema lema lemador

Ciclismo – Peh dala

Esgrima – Sô iys pada

Esqui aquático – Dis lizah na água

Futebol – Kiy shu tiy

Ginástica rítmica – Bon dyi duh tiglão

Halterofilismo – Bla são diana boly zan tiy

Handebol – Golo kon mão

Hipismo – Upa upa kava lyiniu

Hóquei – Tako na bolah

Judô – Kay no shão

Luta greco-romana – Ômy ky hola no shão

Maratona – Koli y kan shei

Nado de costa – Ryiu ki ten pilanha zacalé nada dicosta

Nado sincronizado – Tu dojun tôo

Natação – Tshi bum

Patinação artística – Ki tom bo

Pentatlo moderno – Nun ka sy kan sha

Pólo aquático – Golo kon mão moh lyada

Remo – Pau nah gua

Revezamento 4 x 100 m – Agola vai voshê

Salto com vara – Pula kon pyn tu

Salto em altura – Vovuah

Salto em distância – Qui lon jiy

Salto triplo – Pulah tles veis

Surfe – Tom bu nágua

Tae-kwon-do – Shute y pon tcha pe

Tênis – Kiy hake tada

Tênis de mesa – Ping pong

Tiro ao alvo – Pum

Triatlo – Tshibum peh dala iy kole

Vela – Ven to yin purrah *ou* kabô aluiz

Vôlei – Mão na boola

Vôlei de praia – Boola kon hareya

Capítulo 18

Fábulas fabulosas

Histórias cabeludas sobre áreas do corpo idem.

A faxineira

Uma moça estava desempregada e entrou num concurso para ser faxineira da Microsofre.

O gerente de recursos humanos a entrevista, faz um teste do sofá básico e pede para ela varrer o chão. Ela se abaixa para pegar o lixo, o vestido levanta e ela deixa a bunda à mostra. O gerente lhe diz: "O emprego é seu. Me dê o seu e-mail para eu lhe enviar a ficha de inscrição, a data e a hora em que você deverá se apresentar para o serviço, que eu também vou enviar o endereço da minha casa, para você fazer uma hora extra por lá".

A mulher, desesperada, responde que não tem computador, muito menos e-mail, mas que faria qualquer coisa pelo emprego, menos beijar na boca.

O gerente de RH diz que isso é ruim, que ela estava se comportando como os programas da Microsofre: travando. E completou:

– Vai rodar o seu programa em outro lugar.

A mulher saiu de lá muito chateada. Olhou na bolsa e viu que tinha somente 50 reais, que ela faturara ao fazer um download no colo de um cara na noite anterior. Ela vai ao supermercado, compra 50 camisinhas e as sai vendendo para suas amigas que faziam ponto ali perto. Duas horas depois já tinha dobrado seu capital.

O tempo passa. Ela vê que pode sobreviver dessa maneira. Sai de casa cedo, vai vendendo camisinhas, mostra ela mesma aos clientes o quanto o produto é resistente. Pouco tempo depois ela compra uma Kombi para ajudar na distribuição do produto e para ter um espaço maior na parte de trás do carro, a fim de fazer testes de qualidade com os clientes mais desconfiados.

Cinco anos mais tarde, ela se torna dona da maior distribuidora de camisinhas do país, num esquema de venda de porta em porta de quarto de motel. Pensando no futuro de sua família, decide fazer um seguro de vida fácil. Chama um corretor, analisa se o cara tem um negócio seguro. Ele diz que sim. Ela comprova. Ela assina a apólice. O corretor, então, lhe pede um endereço de e-mail para enviar a proposta e marcar uma horinha à noite com ela para fazer uma vistoria.

A moça responde que não tem e-mail.

O corretor diz:

– Caraca, você não tem e-mail e construiu esse império do prazer!? Imagine o que você teria se tivesse um e-mail.

A moça responde:

– Eu seria faxineira da Microsofre.

Moral da história: vai vender camisinha assim lá na casa do caralho!

A vaca e o precipício

Um mestre e seu discípulo passeavam juntos, quando avistaram um sítio que estava na maior merda. Lá moravam o pai, a mãe, dois filhos e a vaca da filha.

O mestre perguntou ao dono do sítio como eles sobreviviam, onde arrumavam o pouco dinheiro que pareciam ter.

O sitiante disse que a vaca da filha é que garantia uma grana para a família, que ela tinha uma maminha nota 10.

O mestre agradeceu, se despediu e foi embora. Mais pra frente encontraram a vaca da filha ao lado de um precipício. O mestre pediu, então, ao discípulo que a empurrasse em direção ao precipício.

– Mas por quê, mestre?

– Fogo de morro acima, vaca de morro abaixo, e mulher quando quer dar ninguém segura.

Bestificado com a sabedoria do mestre, o discípulo cumpriu o pedido.

Anos depois, o discípulo resolveu voltar àquele lugar, para pedir perdão à família pelo que havia feito.

Quando chegou, viu um lugar completamente diferente. Em vez do sítio na pindaíba, o que havia lá era uma puta mansão, carro do ano. O discípulo pensou que era outra família morando no lugar, que a anterior deveria ter vendido tudo e ido morar numa favela em São Paulo, mas que nada. Era aquela família antiga mesmo que estava ali, bem de vida.

O cara, então, perguntou ao agora magnata:

– E aí, mano, tudo belê? O que que rolou aí na bagaça?

– Lembra da vaca da minha filha? Então, ela caiu do precipício e ficou toda estropiada. Aí pensou que pior não podia ficar e foi até um cirurgião plástico. Botou 300 ml de silicone nas maminhas, aplicou Botox, preencheu os lábios, retocou a cara. Ficou uma vaca tão caprichada que até saiu na revista das vacas peladas, a Playboi.

Moral da história: quem dá aos pobres empresta a Deus, mas a juros de 50% ao ano, pelo menos, pra poder ficar rica.

A corrida das pererecas

Era uma vez uma corrida de pererecas. Elas tinham que correr por um longo caminho, para ganhar o prêmio maior da competição, algo em torno de um pau e meio.

Começou a corrida. O calor era grande, e as pererecas suavam. Várias delas começaram a ficar pelo caminho. A multidão, que assistia a tudo, gritava:

– Vocês não vão conseguir, vocês não vão conseguir!

As pererecas continuavam a desistir, menos uma, que seguia impassível.

E a multidão lá, enchendo o saco:

– Vocês não vão conseguir, vocês não vão conseguir!

Muitas pererecas concordaram, achando que era muito esforço. E paravam. Mas a tal pererequinha ia em frente.

Ao final da competição, todas as pererecas haviam desistido, menos ela. Todos queriam saber o que acontecera, e, quando foram perguntar, descobriram que a perereca ganhadora era surda.

Moral da história: para vencer na vida, não dê ouvidos. Dê outra parte do corpo.

A borboleta azul

Havia um viúvo que morava com suas duas filhas. As meninas eram curiosas e inteligentes. Elas sempre faziam muitas perguntas. Algumas o pai sabia responder, outras não. Por exemplo:

– Pai, como se agasalha um croquete?

– Pai, como se afoga um ganso?

Como pretendia oferecer a elas a melhor educação, mandou as meninas passarem férias com um sábio que morava no alto de uma colina. O cara tinha fama de pensar com a cabecinha e responder a todas as perguntas sem hesitar.

Impacientes com o sábio, que estava demorando a mostrar seu cérebro avantajado, as meninas resolveram inventar uma pergunta que ele não saberia responder.

Então, uma delas apareceu com uma linda borboleta azul, que usaria para pregar uma peça no sábio.

– O que você vai fazer? – perguntou a irmã.

– Vou esconder a borboleta em minhas mãos e perguntar se ela está viva ou morta. Se ele disser que ela está morta, vou abrir minhas mãos e deixá-la voar. Se ele disser que ela está viva, vou esmagá-la. Assim, qualquer resposta que o sábio nos der estará errada.

As duas meninas foram, então, ao encontro do sábio, que estava meditando e andando em seu trono do banheiro.

– Tenho aqui uma borboleta azul. Diga-me, sábio, ela está viva ou morta?

Calmamente, o sábio sorriu, pegou a mão da outra irmã, colocou-a por dentro de sua calça e perguntou:

– Tenho aqui uma cobra. Ela está viva ou morta?

– Hummm, morta... Não, espere, tá ficando viva, vivinha!

Aí o sábio completou:

– Se está viva ou morta depende de você... ela está em suas mãos.

Moral da história: se um sábio lhe pedir uma mãozinha e você for espada, diga a ele: “Não zen que não tem”.

Oásis

Conta uma popular lenda que um jovem chegou à beira de um oásis junto a um povoado e, aproximando-se de um velho, perguntou-lhe:

– Que tipo de pessoa vive neste lugar?

– Que tipo de pessoa vive no lugar de onde você vem? – perguntou, por sua vez, o ancião.

– Ah, na minha terra só tem mulher rezando, elas só querem sexo após o casamento. Pena eu ter ido embora, pois acredito nisso.

– A mesma coisa você haverá de encontrar por aqui – replicou o velho.

No mesmo dia, um outro jovem se acercou do oásis para beber água e, vendo o ancião, perguntou-lhe:

– Que tipo de pessoa vive por aqui?

O velho respondeu com a mesma pergunta:

– Que tipo de pessoa vive no lugar de onde você vem?

O rapaz respondeu:

– Cara, na minha cidade a mulherada é muito doida, vive dando pra todo mundo. Foi uma pena eu ter saído de lá.

– O mesmo encontrará por aqui – respondeu o ancião.

Um homem que havia escutado as duas conversas perguntou ao velho:

– Ficou louco, mêrmão, como é possível dar respostas tão diferentes à mesma pergunta?

Ao que o velho respondeu:

– Se liga aí, mané, estou ganhando comissão da igreja e do bordel aqui da cidade, você acha que vou perder uma grana mole assim?

A Cabana do Pai Tomás Turbando

Uma viajante chegou a uma humilde cabana, aonde se dirigiu para pedir água e pousada. Quando chegou, foi recebida por um monge que lhe ofereceu acolhimento, abraçamento e agarramento. Ao reparar na simplicidade da casa e, sobretudo, na ausência de mobília, indagou, curiosa:

– Onde estão os teus móveis?

– Onde estão os teus? – devolveu o monge.

– Estou aqui só de passagem – respondeu a andarilha.

– Eu também. Vi a casa aberta e fui entrando. Agora, pára de conversa e me beija.

Amigos

Conta uma lenda que dois amigos viajavam pelo deserto, certo dia, e aí algo estranho aconteceu. Um deles estava abaixado, preparando a refeição, quando o outro veio por trás e fez aquilo. O atacado, ofendido e sem nada a dizer, escreveu na areia: "Hoje, meu melhor amigo me pegou por trás".

Mais tarde, seguiram viagem. Ao chegar a um oásis resolveram tomar banho. O que havia sido pego por trás deixou cair o sabonete, e o outro não perdoou, deu-lhe um créu.

Quando o cara recuperou o fôlego, escreveu numa pedra: "Hoje meu melhor amigo me pegou por trás".

Intrigado, o amigo perguntou:

– Por que depois da primeira vez você escreveu na areia e agora escreveu na pedra?

Sorrindo, o outro gaúcho respondeu:

– Na primeira vez, foi com areia, ardeu pra caramba. Então, escrevi na areia para que o vento se encarregasse de apagar da minha memória. Na segunda, você estava uma pedra: dura pra caramba. Gravei na pedra para nunca mais esquecer.

Moral da história: Hay que endurecer, pero sin perder la ternura jamás!

Sofrendo por antecipação

Depois de ficar horas nas preliminares, Pedro descobriu que estava sem camisinha. Sem saber o que fazer, olhou pela janela da casa da namorada e viu as luzes de uma farmácia a dois quilômetros dali. Com uma luxação num dedo, uma afta na língua e disposto a não ficar na mão, resolveu ir até lá. Mas era tarde, a farmácia estaria fechada e ele teria que acordar o dono para que este lhe vendesse a camisinha.

No entanto, no caminho, começou a pensar na fúria que o farmacêutico teria ao ser acordado àquela hora. Foi pensando nisso e ficando cada vez mais preocupado. Até que, quando chegou, tocou a campainha, e mal o dono da farmácia abriu a porta, gritou-lhe:

– Pois então enfia a camisinha lá mesmo.

Virou as costas e foi-se embora.

Moral da história: não dê sopa pro azar. A namorada do cara se cansou de esperar e acabou se resolvendo com um motorista de táxi, que era muito mais prevenido.

A serpente e o vaga-lume

Uma vez uma serpente começou a perseguir um vaga-lume. Cheio de medo, o vaga-lume fugia rapidamente, mas a serpente continuava atrás dele, sem desistir. E isso durou e durou, até que no terceiro dia de perseguição o vaga-lume, já sem forças, resolveu parar, e perguntou à serpente:

– Posso fazer três perguntas?

– Não costumo abrir esse precedente, mas já que vou te comer, pode perguntar.

– Por acaso eu pertenço à sua cadeia alimentar?

– Não.

– Eu te fiz algum mal?

– Não.

– Então, cacete, por que você quer acabar comigo?

– Porque não tô agüentando ver essa bundinha brilhando.

Além desta obra, Os Irmãos Bacalhau escreveram também:

Grande Enciclopédia Luso-Portuguesa
Diário Secreto de uma Portuguesa
Quem Mexeu no Meu Salame?
Homem-Cobra, Mulher-Perereca
O Código da Vinte e Cinco de Março

Visite o blog **www.irmaosbacalhau.com.br** e receba sua dose diária de bom humor.